夏果果
作品

湛蓝

AZURE

BLUE

by

XIA-

GUOGUO

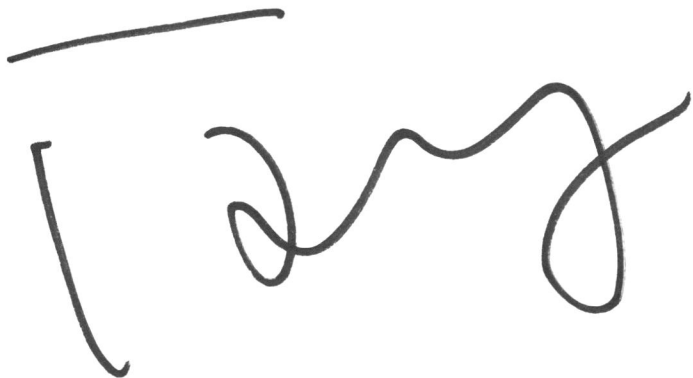

作家出版社

目 录
CONTENTS

001
- 引子

CHAPTER 01 / 005
- 湛 蓝

CHAPTER 02 / 013
- 精神病的自白

CHAPTER 03 / 043
- 我不想为谁
  留下我的处女夜

CHAPTER 04 / 057
- 34 度 5 的爱情

CHAPTER 05 / 075
- 流浪的往事

CHAPTER 06 / 089
- 为将叛逆进行到底

CHAPTER 07 / 105
- 昏厥的狐狸精

CHAPTER 08 / 141
- 飞翔的千禧

CHAPTER 09 / 155
- 那些花儿

CHAPTER 10 / 179
- 爱情独角戏

CHAPTER 11 / 199
- 湛蓝十年

CHAPTER 13 / 237
- 注 定

CHAPTER 12 / 217
- 零散的过往

CHAPTER 14 / 245
- 永不结束的结尾

260
- 后记

"她常常说自己是一个堕落到连堕落都厌倦的女子。"

"心有不甘，但无能为力。内心深处渴望着关怀与爱……但是很多时候已经忘记了如何用爱的方式去相信爱。这是我对能把这句话当口头禅的女孩的第一印象。"

"那年，我只有6岁，踮起脚尖也只能恰好遇到他的肩。那条巷子很长很长，时常被追杀的我倔强地行走在小石子和泥巴肆虐的上学路上。有一天，他伸出手，对我说：别怕，有我在。此后，因为那一句承诺，他付出了所有，却被我碾成粉末。"

"他是谁？是你一直爱的那个人吗？"

他……

看着眼前的少年，我竟一时语塞。

2015年11月21日，那个晚上与往常的晚上并没有任何不同。对于一个已经习惯了孤独的人来说，每个周六的晚上都是她最幸福的时刻，因为休息日是属于自己的时间，可以光明正大地推掉工作应酬。

电视机已经许久没有开过，遥控器安静地在一层薄薄的尘被中躺着。差不多有近十年的时间，我都是活在电脑和手机里的，从当年看见芙蓉姐姐就觉得无法忍受到现在赵良辰去拍戏也觉得一切皆有可能，从当年说一句我爱你需要拧巴许久到现在轻易就可以对着一个人说：我要给你生猴子。生活轻而易举地切换各种模式，也说不清楚到底是真正的快乐还是苍白的麻木。总之，再也没有大悲大喜的事情发生过。

直至，少年的出现。

我想，一定是你心有不甘，终是想要得到一个答案，所以安排了这个少年出现在我面前。

少年有个好听的名字叫白澍，据说是因为一个完美的侧颜被节目组选中。想必他也没想到，此后自己的生活会发生多么翻天覆地的变化吧。但，他最想不到的大约应该是此刻被我拽来听我讲故事吧。

嗯，那天我就是一屁股坐到了遥控器上，然后电视上就出现了颜晓的脸，哦，不，白澍的脸。那一刻，我真的是惊呆了。若不是我清楚地记得，颜晓十年前就已经离开了我。我真的会以为那就是他。

吉他少年低吟弹唱，纯净却又似被忧愁浸泡过，迷人又让人心疼。

托了人联系他，我说："澍儿，可否听我讲个故事。"

原本已经想好了被他拒绝后的说辞，嗯，我一定要对着这张脸讲一讲这些年被我埋葬的心事。很多时候，我们都以为时间可以淡忘一切，而我们也真的以为自己忘记了。其实，只不过是在心里盖了一座坟，把往事连带自己一起活埋。

他笑嘻嘻地回我："好啊。"

你看，颜晓，若不是你安排的他，他怎会连面对我这样突兀的要求都能接受得如此坦然。就连问的问题也是如出一辙。

白漪说："湛蓝姐，你爱过颜晓吗？"

他浅浅地笑着，抿着唇，眼睛里写满了期待。仿佛是那一年，你站在我面前说："湛蓝，你爱过我吗？"

"漪儿，如果我说我不知道，你会信吗？遇到你之前，整整二十年的光阴，我都以为我爱的是另一个人。你出现以后，我开始整理自己的回忆，却开始茫然。那么多年，我以为自己爱的那个人似乎只是我心心念念的一个梦。而颜晓，才是伴着我做梦、帮着我做梦的那个人。"

"漪儿，我要给你讲的是一个梦呓，没有太多的故事情节，甚至我一直都没有搞清楚到底谁才是故事的主人公。我需要一个人来帮我看清楚这个故事的真相，你可以帮我吗？"

"湛蓝姐，能够成为给你希望的人，我也很高兴。"

少年漪安静地坐在我对面，就好像颜晓当年听我给他讲安的故事一样安静。

回忆的门，就这么轻而易举地开启了……

01

湛蓝

你说什么，我不明白。

你说我 50 岁的时候再回首自己，
一定是个腐烂到骨髓的女人。

你什么也不知道，我是个清白的，
清白到每条神经线上都滴着露珠的女孩子，
是的，我的第一次是一个赌注，
我的爱给了一个可以做我父亲的男人，
我的身体被无数次地撕开又合拢。

那又怎么样，
难道你不知道玻璃之所以会破碎是因为玻璃是透明的吗？

[0 / 1]

　　我叫湛蓝，今天是我 22 岁的生日，早上起床，习惯性下楼买早点。经过报摊的时候看到老太太在寒风中哆嗦，忍不住买了一份报纸，回到家才发现买的竟然是昨天的晚报，冲着窗口我大骂，死老太婆，长着一张榆树皮的脸却做这种无耻的把戏。当然，骂归骂，也不过是发泄而已，因为我的房间是背阳的，窗户外是一片发霉的苔藓，小的时候听人说过，那是可以吃的，但我还是没有那么大的好奇心理去尝试。

　　三点，我去了监狱，昨天收到颜晓的信，他说，尽管没有未来，他依然会努力，我能想象得出在黑暗的高墙里，他是如何微笑的。他是如此，一直如此，就连转身的最后一眼都是那么自然，他说，湛蓝，爱，是我所追逐的，我不后悔。即便沉沦如此，我仍然不后悔，因为我爱你。

　　这个世界上唯一一个不管发生什么事情都不会放弃我，而且没有任何理由的人只有颜晓。而事实上这个现象和我的心理很不成正比，因为我爱的人不是他，而是安。

　　但我还是决定去看看颜晓，毕竟他是爱我的，唯一一个不要理由的。

[0 / 2]

他从我身旁经过，微微弯下身子，把一张纯净而沧桑的脸凑近我，说了那句让我至今不能忘怀的话。他的声音很有磁性，他说，湛蓝，你是我见过最美丽的女孩。

一句多么俗套的话，可是我没有抗拒，因为贪恋他身上的味道，像父亲一样的气息。在我 13 岁之前，我没有真正接触过男人，一直是两个女人的世界，我和云姨，也就是我的母亲，当然这个是我以后才知道的。我不是一个坏女孩，只是比同龄的女孩提早知道一些秘密。

他是看守所唯一的一个中年男人，从小我就知道我的眼神对于比我年龄大的男人有一种致命的杀伤力，正如成熟的男人对我也有着无可抵挡的魅力。我是有着深深恋父情结的女孩，这件事情在我没遇到安的时候我就知道，在安悄悄离开时，我终于明白，很多东西是注定的，不能改变的。如同今天我同样遇到这个男人，尽管他也许会是我的敌人，但我还是迷恋。

当我随着老男人走到那个有隔音玻璃横在中间的屋子时，我看到了等候在那里的颜晓。且容许我称他为老男人，因为长期面对着一群犯人，我想他也的确老了，至少在面对我的诱惑时，他那么轻易地就容许了我可以和颜晓有半个小时的会面。我的泪水还是忍不住往下流，颜晓明显瘦了，唯一没变的是他眼里那痴迷的神情。我轻轻拿起电话，话筒里安静得只听得见彼此的呼吸，急促的。

就这样静静地等了五分钟，谁也没说话，然后站在门口的老男人突发善意地说，我先出去，你们有什么话就说吧，好容易来一趟，别把时间都浪费了。我感激地冲他一笑，发现我即便用纯净二字在他身上也并不为过，他不过是有点儿色而已，心地还不错。

半个小时很快过去了，他没有问我任何一句话，只是我在那里不停地诉说着，以前的，现在的，以后的，终于到了没话可说。因为提起了他的父亲，我不知道该怎么说，两个人之间的气氛变得紧张起来，他居然抬头笑了，湛蓝，我妈妈要靠你多照顾了。

直到离开的时候，我也没有告诉他，他家里发生太多的变故，他的妈妈现在在一家精神病院，只认识一个人，那就是我，只会说一句话，那就是狐狸精。也许他已经知道，但是我还是没说。

出门的时候，再次听到老男人的话，湛蓝，可以把你的电话号码留给我吗？

回头，原本想捉弄他的念头却在他略带真诚的眼里融化，我告诉了他。是的，号码没有错，但是我却从来只把那个号码存在包里，从来不用，因为那是一个人的专用，那个号码属于安。那个我最爱的男人。

[0 / 3]

　　安一直喜欢那种看起来单纯的、有着浓浓艺术气质的女孩，云姨很久以前是，所以她牢牢地霸占了安的心，尽管N年后的她已是讲笑人生。而我不是，我是个眼里满是沧桑、心底暗自颓靡、自闭又叛逆的女孩。我说我爱他，要嫁给他。他说，这是个意外，爱情来的时候是不按照程序来的。

　　我没有说话，瓜子壳被我吐得满房间都是，耳边听到的只是瓜子碎开的声音。安看不出来，我的思绪早已跳跃到一种反向的思维。这的确是个意外，因为这不是爱，程序突然出错，将两个不爱的人牵在一起，他在等待，等着他最爱的女人。

　　他们说我是个朋克女孩，其实我只是文身，只是绝望，朋克那彻底的暴力和虚无却不是我能做到的。我像朋克一样反叛，却有朋克没有的善良和理想主义。我渴望有个男子深爱着我，我相信爱是世界上最温暖的感情，我爱上了安。

　　可是，给予我温暖的人一直都是颜晓。

　　爱，一个爱字，前后颠覆十年有余，冷清，寂静，空气中向往的思念也只是身体里那点微温的灵魂，湛蓝，幻如十一米深的海底。只是城市，脏而乱，西安的天气一直很干燥，风在脸上像刀割一样，对着古老的城墙我喊，我想你。

　　我在想谁，我也不知道。

沉沦，平静。

我向往的三种花，一朵玫瑰，一瓣蔷薇，一枝向日葵。

花似人，情似醉，这个十三代帝王的古都，延续着我十三年的往事，成长，平凡又简单的心痛。久远的爱情只是一朵血玫瑰，残破的友情像野蔷薇上的刺扎伤着肉体，而那金灿灿的葵花也不过是一只拔掉刺的刺猬，血淋淋抢眼。

[0 / 4]

那一年的冬天，还是这样的天气，我穿着大红的睡衣躺在床上，眼神若有若无地飘荡着，隔壁房间有浅浅的打闹声。我对安说，头好疼。声音很小，他不能听到，那个时候，他正拿着云姨的照片发呆。

从我们房间到楼下，需要两分三十秒，我想，我需要出去，呼吸新鲜空气。

安总是说我太任性，像个孩子，他的眉毛一跳一跳的，好像两条毛毛虫。讨厌，我噘起嘴，好脏的东西，想起那蠕动的条形虫子，我很快翻身，有呕吐的倾向。安及时过来扶住我的身体，柔软地拍我的后背，我轻轻对他笑。

离开已经多年，古老的西安还是西安，只是人不再是往日的样子，我能做的就是祭奠、祷告。

　　我奋不顾身地向前奔跑，安总若隐若现地在前方向我挥手，我就这样，追着。

　　颜晓不紧不慢地尾随着我，他说：无论何时何地，你转身，都能看见我。

　　在颜晓眼里，我需要用很多很多爱呵护才能挣脱假装叛逆的面具，他一边微笑着看着我，一边怒吼那些伤害我的人。像我生命里的定心丸，我知道，他一直都会在。

　　我是湛蓝，现在在疯狂地写字，安静地生活。曾经我给自己许下了十年誓约，然后在死亡和生存之间挣扎着，血腥味在空气里弥漫着冷酷，我看到小南门城墙上站着模糊的人，她是谁？我并不知道，也不想知道。

　　城市，还是脏而乱，包括我的心里，找不到纯净的地方，到处都是尘埃。我的足迹，昨日的，依稀回头，原来错乱，却还清晰。

　　只是西北风过，忽然明了，原来一切，即使错过，也并非抛弃。一路走来，十年如一日，一只刺猬爱过的玫瑰，一朵安静绽放的玫瑰，于我，于同样的女子，爱，终究是湛蓝海底那一叶璀璨的珊瑚，十一米深那一方，绝不放弃。

CHAPTER 02
精神病的自白

我是个精神病，你不知道吗？
一般人只会看到我发疯的样子，却看不到我眼里兽样的痛，
当然你也不例外，你看不到也触不到我心底玻璃渗透的疼。

你说将两只手紧紧地握在一起能看得到未来，
那你看得到自己的未来吗？
白痴，一个人的欲望不是那么简单就能遏制，
难道你不知道，酒肉穿肠过，佛在心中留。

更何谈一个原本肉食动物，给条鱼还想要个熊掌。

[0 / 1]

　　24 岁的我，是个叛逆与绝望集中在一起的女子，身体与心灵的碰撞总是在深夜让我无助。很多年以后，我仍然失眠，却固执地通宵不眠，不愿让自己靠着药物催眠。我怕，当我再次看见那种白色的小药片时，会想起很多事情，比如童年，比如少年，比如安第一次为我焦虑的片段。

　　安，是我一直爱的那个男子，也是一直以来我放在心底最深处却又远离的男子。那时，我常常不克制自己对爱的饥渴，严重缺乏安全感是我很大的障碍，意识性的依赖，促使我常会对一些人、一些事有不理智的冲动，就像对安。

　　华灯初上的时候，我裸着身体在房间里徘徊，喜欢，也是习惯。似乎有人说过，裸体不单纯是自恋，或者更是一种美好。情怀是若如此，爱当然首先要爱自己。一个多小时过去了，我没有找到能让自己宣泄的方式。现在，我要给安打电话，有了序幕当然便要展开，为了让故事有个完美的进展。我平静地用垂死一般的声音开始并结束对话。安，我快要死了。

　　整个过程我用了不到一分钟，迅速而微弱。事实上不是我的伪装，而是确实没有说话的力气。累，有的时候不是指的身体，更多时候是讲心灵。我知道安会很快打来电话，于是我关机。

[0 / 2]

房间很冷，孤寂的冷。我将身体蜷缩起来窝在墙角，感觉身体里不断膨胀的欲望，骨骼像拧紧的发条铮铮作响，随时会发出爆裂的炸响。

到处都是白纸，写满字的白纸。我想伸手抓住一张，终究无力。满纸的都是安，我清楚这样的结果是，我永远只能是一个失败的写字女子，或者说，我注定失败，写字只是一种宣泄的方式，不是目的。

写字的时候，总是无意识的，然后，满纸赫然全是安的名字。

都说24岁的女子何其如我，时而静若处子，时而动若脱兔。动不动就会因很小的事情而烦得无法入眠，或者为了一句简单的对白而莫名其妙地发脾气。每次到这个时候，安总是不吭声地轻笑，笑我孩童般的拗，然后揽我入怀。我更习惯在他怀里蹿来蹿去，像泥鳅一样地抗议，安，十年忧郁难为水。到现在，我爱了安已经十年，说长不长说短不短的一个时间。

你总是说两个人之间是要靠缘分的，可是你根本没看到，是自己亲手放弃了缘分。我说我是一个堕落到连堕落都厌倦的女子，可是至少我争取过，可你，却永远宁可在深夜里独自开放，做那朵枯萎的罂粟。

我说，我要看电影，一抬头，是梁GG和张JJ的《花样年华》。

　　我说，我要听音乐，你固执地刺激着我。你说，黎明与黑夜的取暖对象都不一样，却能爱一个人十年，湛蓝啊，真的是一个花心痴情种。

　　我一遍一遍地听陈奕迅的《十年》，旁若无人地泪流满面。房间里很安静，在音乐里我的失落俨然自成一番天地。我被他的旋律折磨得忧伤而失落。仿佛，看到了多年以前的男子。一个有着与生俱来的忧郁面孔的男子。从来没有人提醒过我，最后是要离开他。一如最初的平静，仿佛他不曾出现的生命。淡淡的，若有所失的寂寞。我对着镜子大口地喝下啤酒，香烟夹在指间。烟雾在房间上空渐渐形成暗灰色的云朵，美丽至极，我为之眩惑。眼里有大滴的泪水落下来，落于冰冷坚硬的地板，颗颗破碎。泪是可以看见的破碎。是否还有，无数种看不到的破碎？深刻而更为疼痛。

[0 / 3]

　　故事已经落幕，我却日夜沉醉其中，不肯走出。究竟，是怎样的一场相遇。让我们在离开之后，仍然流离失所于爱情，惶惶不安。注定了属于离别的人，根本没有喊痛的理由。这是自己要的结果，纵然爱他，仍然爱他，却再也无法回头。只是在面对一堆破碎的凌乱中挣扎，为什么他不是可以陪伴我一路同行看尽风景的人？我穿着血红色的睡衣，惨淡地对着空气说话，声音微弱得连自己也听不清楚，记不清是从什么时候开始这个习惯的了。安总是说我长不大，当我实在问不出原因，得不到我想要的东西时，我对安说，安，我要死掉了。

安站在窗外，依然那么瘦削，尽管隔着玻璃窗，还是可以看到他焦急的神色，他不停地拍打着窗户，从他的口形我判断出，他在呼唤我的名字。他还是在乎我的，我扯动嘴角企图向他微笑。可是我开始感觉到累，昏沉沉的，眼皮不听话地用力打架。身边躺着空药瓶，很正规的那种圆柱体。

二十四小时前，我想，我也许失眠太久了，然后，我说，我需要睡觉，像短暂的死亡那种。于是我跑遍大街小巷，对着药店老板露骨地媚笑，反复回答他们的质疑。可能某段时间年轻女孩自杀的太多，让他们不能正视一个女孩子去买十片安眠药的现象。不过我的形象尚不像那种濒临绝望的女孩，所以我看到他们最后对我的回答很满意，尽管拿出来的不是安眠药，却也凑齐了那足够让我永久睡眠的安定片。小小的，白色的那种，片状的，当时我想应该不是很难下咽的。可惜，原来看起来简单的东西竟是如此复杂，难喝得不得了，喝到一半时就卡在喉咙，不上不下的。

这时，我还在看王家卫的片子，我说如果上天再给我一次机会，我可能会选择不喝这种药，如果给我一个期限，我希望是一万年。后来我就真的吐了。但是，残留的药在胃里折腾，我还是想睡觉了。

[0 / 4]

醒来。

再次开机，我，给安打电话，还是垂死一样的口气，但却有些暧昧。安，我想你，你还记得第一次见你的时候，我叫你安哥哥吗？

此时是凌晨一点，安的声音有些许浑浊，我还是听清楚了：湛蓝，很晚了，别再闹了，明天再说，听话。

有些许甜蜜的冲动，又有些许悲哀的涌动。安总是这样长者的语气，可是我不需要这样的回答。

我笑着，声音仍是垂死的冷，安，我快要死了。然后我没有给他继续的机会，飞快地关机，很潇洒的那种姿势。

关机的刹那我给电话对面的他飞吻，他看不到的热吻。

安总是那样像哄孩子一样宠我，他不知道，我已经长大。隐约中我看到很多人在我面前晃荡，熟悉的，陌生的。所有的往事都在被撕碎的空气里急速后退。我说，陪我说会儿话，我不要睡着了。他们却很冷漠，甚至吝啬看我一眼，冷漠得让我绝望。我像一个悬崖边的孩子，抓不到救命的绳索。于是，只有坠落，蝴蝶一样地，无意识地坠落。

玻璃窗外的安看起来很疲惫，我想他应该是一边穿衣一边飞速跑下楼，然后打的过来，可怜的的士司机，耳朵应该是被安给吼聋了。

于是无意识地在心里微笑，我开始感到累，很累，几乎已经进入沉睡状态。在梦里，我回到童年，那么忧郁的童年，那么孤独的我，平淡，盲目。我一个人游荡着，仿佛在寻觅什么，也许在梦里的渴求正证实我确实存在的恐惧，孤独的恐惧。童年的我，是活得很孤独，绝不属于尼采说的那三种孤独。

尼采说，孤独者有三种状态：神灵、野兽和哲学家，神灵孤独是因为它充实自立，野兽孤独是因为它桀骜不驯，而哲学家是因为他既充实自立又桀骜不驯。

有时候我想，我应该是属于张爱玲式的孤独，可张爱玲又是怎样的孤独，我却盲目。

[0 / 5]

我想起除了安，我也拥有过很多，譬如云姨。

多年前，云姨丢下我去了外地，我知道她是去寻找自己的幸福，因为我，给她带来太多的麻烦。比如，致使她一直未嫁。

据说云姨是在垃圾桶前捡到我的，她说这是一种缘分，可是缘分是什么？有人说缘是天定，分是人为。而我和云姨的缘更多成分是人为的。所以我经常说，她是我生命里最重要的一分子，她是我的恩人。

安问我，为什么不是亲人，只是恩人？我思索着亲人这个词，却不回答。不回答是因为我自己也不知道，我总是一个人用冷水不停地拍打着自己，本来冰凉的身体被刺激得更是冰凉。湿漉漉地站在窗前，听见远处传来断断续续的柳笛声，我会心痛。再去面对安的困惑时，我依旧保持沉默。

只不过，我会告诉自己，大概，我是有些恨云姨的，那种心痛的恨。因为我在乎她的一切，包括离去。

[0 / 6]

湛蓝，你又怎么了？安静静地站在我面前，像看着一个顽皮的孩子，用一种无可奈何的语气。

我打起精神看他，击碎玻璃时划破的手臂上汩汩地流着血，我笑自己的心理语言，其实没那么夸张，或许只是划破点儿皮。很奇怪，这个时候，我居然还在想这种无聊的事情。

我的思想一直都是很跳跃的那种，像我的文字，意识流的叙述，记不清是哪个杂志的编辑说过，你不能这样下去，改变你的生活就能改变你的文字。只可惜我太小也太固执了，听不懂也做不到。

安还在那里站着，我开始镇静自己不去想那些无关的东西。

抬头，安布满血丝的眼里流过点点的困惑和疼惜，但是，我不想和他说话，因为我要的不是他那种表情。

小的时候，常会被这样的一双眼睛注视，有时，他也会尝试靠近我。只不过总是被我身上的刺扎伤，现在，他还是宠着我，只不过，和安的宠不一样。他似乎更在乎我，那种如我在乎安一样的在乎。他叫颜晓，一个从来不会惆怅的男孩。有时候，我会接受他的关心，因为他眼里也会闪过和我一样的凄冷。尽管，他依然那么快乐。他常常会问，湛蓝，你是怎样的女孩？像现在安的询问。

面对安，我还是蜷缩，身上是那种很宽大的棉布睡衣，夸张的血红色，像云姨曾经涂的口红，看得头昏。空气中硬冷的分子不留情地钻进我的身体，我下意识地抖了一下。

安手臂上的血已经开始凝滞，地上有斑斑的血渍，但只是写满了宠，与爱无关。

安脱下身上的外套，开始动手整理屋子，我不说话，我看他的目光在那些写满安的白纸上游移。然后，他沉默。我也沉默，而后他抽烟，很狠的样子，仿佛是想把烟吃到肚子里，我凝视他的侧脸，有种想哭的感觉。

湛蓝，你到底想要什么？安转过身看着我，我们面对面地坐着，很长一段时间。

安疲惫的神情把我的心割裂。我惨笑，他竟然问我要什么，原来他一直都不知道我。我的脸上没有任何表情。我开始温顺地靠近他，泥鳅一样地蜷缩在他怀里，悲哀。我让安看我手上的刺青，大得有些狰狞的玫瑰花，被颜料渗透的血管，我看见我的手背变色了，满满的青色布在我纵横交织的血管，花瓣的红像吸血鬼的舌头诡异地笑着。

我说，安，头昏。

安习惯地揽我入怀，吻我的额头。

[0 / 7]

我还是个 16 岁的女孩时，孤僻，却又叛逆得不可理喻。我把头发剪得很短，短得没有一点章法，颜色是紫色的妩媚，而且我用太多的啫喱让发根又硬又尖地竖在那里。

更多时候我是一只刺猬，而且，是一只忧郁的刺猬。不过，上天总算眷恋我，我有一张漂亮性感的脸，美得几乎不像 16 岁的女孩子。没有清纯，只有娇艳。

于是，也有人说，我可能更适合做一只狐狸。却没有人知道，就算是，我只会是一只闷狐狸，像我的名字，湛蓝，其实，我一直觉得我的名字很美，就是太深，深得不见底的幻。

我说，安，给我一支烟。安的眼神很无奈，但是在打火机打亮的瞬间，我更看到他一闪即过的迷乱。烟在袅袅地升起，散开，几十平方米的房间很快弥漫雾样的烟，把我心里不断膨胀的欲望激化，我用力地撕扯着，嘴角开始有咸涩的血腥。然后，我走出自己的身体，忧郁地观赏着我在安怀里那无言的冷。

我说，安，我想做一条无力的泥鳅。安的手指触摸游移在冰凉的地面，脸上有淡淡的哀愁，听见我无厘头的话，怔了一下，什么？

我不再说话，抓住安的手臂用力吮吸。血腥味越来越浓重地在我的口腔里蔓延。

我听见安的叹息，湛蓝，你什么时候才能长大。

舌头舔到掉下的泪，才发现，泪水就是血的主要元素，要不然味道怎会如此相似，两者融合得如此和谐。

那时候，我在心里呻吟着，挣扎着。安，长大了又如何，我能做你的新娘吗？安听不见我心里的话，他的眼睛飘摇不定地看着窗外。我也没有说出来，因为我不想重复。早在我14岁生日的时候，就告诉过安我的决定。

那时，云姨抛下我和安走了，14根蜡烛在安的泪水里被点燃，我很平静而执着地说，我要嫁给他。

[0 / 8]

终究，我学会了堕落，我以为，堕落会使我尽快长大。

颜晓是我自己选择的堕落的开始，我始终以为，就算堕落，我也要堕落得让自己不会后悔。曾想过在酒吧里去结束自己的单身，也想到要轰轰烈烈地爱一场然后把自己毁灭。

最后我发现原来都很困难，酒吧里的男人没有我能看上眼的，而爱对于我真的是很缥缈，因为我的爱都给了安。

颜晓是我能做的唯一的选择，首先我不讨厌他，而他也是爱我的，尽管我知道这对他并不公平。

[0 / 9]

云姨说，我小的时候，有看相的说，长大以后，我要么了不得，要么不得了。

有时候会在梦里出现这样的画面：我倔强而又冷漠地坐在门前的石墩前，时不时有小孩子扔来泥巴、石子和秽物，伴着他们口中的嘲笑，野杂种，下贱坯。我只是一动也不动地用目光杀死他们，嘴角是不经意的泪。

云姨牵我的手，走到巷口那个摆摊的"赛半仙"的白发白胡子那里，我依旧不说话，听他天南地北地给云姨讲前生来世，说前途往事，摇头晃脑的，煞有其事。

我突然发笑，还是冷，那你算过自己今天会发生什么事吗？

不等他反应过来，我已经在云姨的尖叫声中凑近他，飞快地拔掉他最长的那根白色胡子。坏坏地看他捂着嘴龇牙的狼狈，很随意地吹掉那根比我头发还长的胡子。

我不屑，才不要听你在这里胡说，骗子。转身，听见云姨殷勤地赔笑致歉，我冷冷地从鼻子里发出哼声。

离开。迈到五十步的时候，听见他苍老又深沉的声音，这孩子，长大后要么不得了，要么了不得。

延续到现在，我依旧不知道不得了和了不得的区别和概念，有时想来，大概是好与坏的极限。

我想我可能是太孤独了，有的时候孤独久了，就成了一种习惯，但潜意识里还是渴望有人和我交流。突然想打电话，找个人聊聊，我害怕自己这样下去会失去语言的能力，翻开电话本时才发现我只有安的电话孤零零地挂着。

安的电话无法接通，我抓着电话不知道是继续还是放下，那一刻我恍惚得不知道自己在做什么。莫名其妙地想去发疯一样地喊，原来我从没想过要是找不到安，我身边还有谁。无奈地扔掉电话本，我决定还是一个人度过这漫漫长夜。

这时，我看到一个熟悉而陌生的名字像惊喜一样从电话本的末页跳了出来。我怦然心动，颜晓，那个小的时候就在我身边默默注视着我的男孩。

　　小时候，一个人去上学，要经过很深很深的胡同，然后穿过马路，走很远很远的路。我一直是一个人。穿胡同的时候，经常会被一群孩子在后面追打，小石子、泥巴、烂柿子等，所有能砸到我的东西他们都不会心疼，带着辱骂，野杂种，下贱坯。

　　只有他，不说话，只是静静地跟着我，注视着我。偶尔他会大声地喝止：不要骂她，她其实是很好的。

　　有时候，那些孩子会有片刻静止。灰溜溜地从我身旁跑掉，虽然仍有些细微的嘟囔，但是最终还是散去。

　　我很感动，那些泥巴慢慢地从我身上掉下，就像我的心一点一点地放松。然而，走过他身旁时，我仍然不看他，尽管我嗅到了温暖的味道。

　　他说，我叫颜晓，我知道你叫湛蓝，我想我们可以做朋友。

　　我的心像兔子一样地跳，慢慢地抬起头，触到他干净的脸，需仰视，我踮着脚也只够到他的下巴。他很清秀的，那个时候大家推崇的费翔是连小孩子都喜欢的偶像，而他确实是有些像他，也能带给人一把火的温暖，高高鼻梁蓝蓝眼睛。只是看到他眼里的疼惜时，我还是选择了退缩，我已习惯了沉默。我也知道他，他是美术学校校长的儿子，那么显赫的家世，和我是两个遥远的时空的人，且他在学校里也是出名的好学生。

那年，他 12 岁，一个很漂亮的男孩子。他轻轻地说，湛蓝，我喜欢你。

那一年，我 6 岁。没有认真追究过一个 12 岁的孩子对 6 岁的孩子说喜欢是什么概念，但是我却记下了他，但很多年我们并没有太多的来往。

[1 / 1]

给颜晓打电话的时候，我想起安，那个我长大了一定要做他新娘的男人。我不明白，为什么所有和我有瓜葛的男人都会比我大许多，这个定论在以后的故事里，重复演绎着，想来，也许是云姨那里，我一直缺乏父爱，男性的关怀在我幼小的生涯里，只有过安。

此时的安，已经 31 岁。

电话很快就通了，我听见颜晓慵懒地询问。我却说不出话来，说什么，说我是湛蓝？可是我找他什么事啊，我该说什么啊，我们几乎没有说过话的。喉咙里发不出任何声音，我能发出的竟是轻轻地咳嗽。

颜晓的声音很温暖，带着一丝惊喜，是你吗？湛蓝。我奇怪他怎么知道是我，因为我还没有开口说话，他的突然发问竟让我不知所措。

颜晓继续，湛蓝，我知道是你，我能感觉到，你怎么了？

我终于开口了，很简单，我在星期八等你。

挂掉电话，我才发现我竟然没有问他是否答应，而我握话筒的手竟已是汗渍满满。颜晓一直都在关心着我，即使我向来接受他的恩惠都是那么沉默，我甚至没有给他说过一句谢谢。只记得在我 6 岁的时候他说，他喜欢我。

半个小时后，我出现在星期八，那个很低调的酒吧，看见颜晓已经在那里等候。

由于很冷，人很少，一进门，就看见颜晓坐在靠窗的那个座位招手示意。我很平静，这么早，顺手把大衣和包给了过来的服务生，看他帮我放到存包处，淡淡地微笑，说谢谢。

颜晓说，湛蓝，你应该多笑，你笑起来很美。他的眼睛死死地盯着我的脸，我不介意他那种困惑和迷乱的眼神，我知道，我的美是无懈可击的。

上洗手间的时候，我重新审视着自己，黑色的低胸 T 恤，搽着洋枣红的唇膏。紫色的短发飞扬跋扈地竖着，飞着若有若无的眼神，绝对是一个冷艳的尤物。

[1 / 2]

星期八的慵懒背景和我的松弛、淡漠丝丝入扣，颜晓说，湛蓝，你喝多了。

我笑，那种性感和迷人的格调。安总说这种与我年龄不相称的成熟女人般的魅力风格注定我必将混乱，后来，我在最后一刻的确坠落了。

渐渐地，竟陆续进来了几对男女，相拥着。灯光调得很暗，居心不良的样子，笑声、话语声低低的，听来都像是种呻吟。

我又在想安，想那个一直说我还小的男人。

我说，颜，你陪陪我。

颜晓还想说什么，我已经离开了座位，我一直都是这样，很吝啬自己的言语。街边的霓虹闪闪烁烁，城市柔软的腹部是一派如烟如梦的繁华。可是我，很冷。

湛蓝，我送你回家。

我突然抱住颜晓，你不是一直喜欢我吗？带我走。

颜晓显然被吓坏了，月下，他的脸煞白煞白，只不过，我依然闻到他干净、醇厚的味道。

我只是想要长大，尽管长大并不需要如此迷乱的心境。可是，内心不断膨胀的酒精一点一点地燃烧着我的身体。在我依然孤寂的房子，几十平方米的潮湿的地方，我褪下一件件那使我成熟的衣物。

我看着颜晓，颜，来吧。

在他张开双臂的时候，我闻到那股气息，迷人的气息。仿佛安就在身边，所有的一切都沉入黑暗，这丝如安的气息逐渐升高，凸现在记忆之水的平面上，显得真实可靠。

颜晓的呻吟带着放肆，那一刻，我居然在想，换成安会是如何兽样的作态。

我说，颜，我们去镜子前。镜中的身体有些模糊，肌肤幽幽地闪着银质的光，不知道是不是月光。无法触摸，却又那么僵硬，易碎。像小时候喜欢过的玻璃球。被欲望掏空的身体只是一粒泛着青光的玻璃球。

我静静地躺在床上，颜晓还在抚摸着我的身体，他贪婪地读着我，吻着我。我感到身体里空荡荡的痛，好像一下子失去了所有。看到白色床单上的红，我笑了，琢磨不透的笑，我终于长大了。如果成长非要用性来诠释，我想我是做到了，可是我却有一种并不像想象中的快乐，反而是更多的迷惑。

湛蓝，我会好好地对你的。颜晓仍在痴迷我的身体，我却慢慢地推开他，点燃一支烟，看灵魂在烟雾里游荡，16岁的我早已失去了免疫力，这个城市暧昧到常常让人以为感动和爱是一回事。

我说，颜晓，我只是想你来帮我完成成长。

在颜晓迷茫的眼神里，我套上那件血红的棉布睡衣蜷缩成一团睡去。

[1 / 3]

我已经很长时间没有见过安了，那段时间我是疯狂地让自己沉迷在和颜晓低调的性爱里，我以为那种抚摸，那种亢奋是可以让我完全地进入另一个世界而短暂遗忘。

云姨很疼我，每个月会定时给我汇一笔不菲的生活费，足够我买太多漂亮衣服、看太多时尚杂志，或者满世界地疯。我开始穿很招摇的黑色露脐装出入那些赤裸裸的情色地带，看蓝色药丸泛滥的情节，听粗口肆无忌惮的猖狂。我是个很惹眼的女孩子，我会绕着钢管风情万种地妩媚，还能吼零点的《爱不爱我》。

走到哪里我都是那么光彩照人地灿烂，男孩子和女孩子对我都流露着那种仰视的神情，我也理所当然地承受着这些，我本就是如此漂亮的女孩子，更何况，我还有个帅气而善良的男朋友——颜晓。

颜晓说，湛蓝，你不能这样。

我不看颜晓，一支接一支地吸烟，你知道这是我唯一快乐的方式。

湛蓝，你应该有个朋友。

我回头看他，发现他很是郑重其事，我捻灭手中的烟，细长的 520。

想了很久，我说，颜晓，我只想认识幽宁。

那么短暂，因为幽宁根本就是水人儿，动不动就会黄河决堤。

一个人写字的时候，会想起幽宁在我身边时的晃荡，那个 18 岁的女孩，笑得灿烂无比，却又在擦着眼角余存的泪花，她总是一边嚼着口香糖一边揽过我的脖子，湛蓝，我从来不会吝啬自己为某一个男人流眼泪，那只是证明了我的泪腺新陈代谢的功能较为发达，我绝对不允许自己让某个男人在我心里驻留。

说话时，幽宁像个幽灵，话语是僵尸般的冷，脸上却是千娇百媚的笑。

我想，那应该就是玩世不恭。

幽宁不吸烟，她总是从我手里抢过仍在冒烟的那支，狠狠地扔出窗外，很漂亮的弧线，我叹气。看到我沮丧的表情，她会像棉花糖一样地黏住我，不停地叫我的名字，直到我烦为止，然后变戏法似的从兜里拿出口香糖，一把塞到我嘴里，笑着说：湛蓝，你的话太少了。

看着她像玩橡皮泥一样地玩着被她嚼得没有味道的口香糖，我皱眉，我很不喜欢这种味道的口香糖，开始那么甜腻，越嚼越没味，最后彻底地嚼到嘴里只有干涩的苦，而且腮帮子疼。不如橄榄的持久，只是我并没有吃过，在听齐豫的歌时，常常会想到流浪的橄榄树，大概和柠檬一样，许多年以后我依然如此认为。

幽宁看我不说话，就换话题，湛蓝，什么时候帮我写自传？

我笑，你有什么好写的啊。

她的脸色变得凝重，不过随即又恢复正常，她把口香糖在嘴里用力地嚼着，发出很大响声，花枝乱颤的神秘，开玩笑的了。

幽宁喜欢看我的文字，她说，湛蓝，你是聪慧的女孩，应该出名的。

我也在想，我要出名，一定。可是我更在想，我要长大，因为长大后我可以拥有安的爱，我是个外表张扬、内心平凡的女孩，我想要的只不过是守在爱的人身边为他快乐。

幽宁不喜欢看书，更不喜欢看文章，只是在无意间看到我的文字后说，蓝，你的文字和你一样让人心碎。

我突然问幽宁，你爱过吗？她不再说话，好长一段时间，我们都在默默地想着心事，窗外，有着明媚的阳光和悠扬的歌声，我在房子里沉没。

走的时候，她黯然，湛蓝，有时我会恨你，为什么那么多人喜欢你，你却依然冷漠，我恨你的从容。

再回头，她笑，颜晓很爱你，对他好点。

幽宁走后的空气一直像无助的精灵，我有些惶恐，我是不是太冷了。对于颜晓，我究竟将他置于何地。

此时，我已慢慢脱离自己，飘在颜晓与安之间。

[1 / 4]

安还是不知道在哪里，距离我 18 岁的生日渐近，我开始烦得夜不成眠。颜晓依旧没日没夜地陪我，我们昏天暗地地在潮湿的屋子里取暖，我是疯狂的，原始的疯狂。

颜晓问我，对他究竟是爱还是性，我沉默。

颜晓爱我，爱得小心翼翼，只是当他的手指抚过我的肌肤时，我常常想哭。我只能是纯粹的疯狂的躯体，没有感觉，没有温度。那种触电的酥软只在和安一起的时候有，而安对我却只有那么淡的轻吻落在我冰凉的额头，他总说，我还是个孩子。

反复地和颜晓原始而机械地演练着亚当和夏娃最初的懵懂。听他亢奋的激情，我悄悄地走出身体，看我肆意地作践自己冰凉的身体，尽管我的呻吟听起来是雀跃的，但是我的表情却是痛苦的。我想象着，身体里流的是安的激情。

[1 / 5]

知道安是因为云姨经常提起，对于云姨提起某个男人我并不稀奇。只是提起安时，云姨是那么专注，仿佛要把这个名字刻在心里，而事实上，很多年以后我才知道，她早已把安刻在心里。

我跟颜晓这样形容过她：一个那么不知羞耻的女人，像野地里的一朵花，谁都可以采摘。常常化着很浓的妆，像个歌剧演员一样搔首弄姿，甚至穿很低的黑色吊带，露出苍白的脖颈和前胸到处招摇。她身边的男人走马灯地换，她的存在就像硫酸一样，腐蚀着男人的所有的酸液。

颜晓的脸上只是宽容的笑，湛蓝，云姨是很好的人，正如，你是很好的女孩，你那么看她，可能是生活的彼此不同。

那天，夜里无法入眠，我瞪着眼睛在冰凉的地板上发呆，听见云姨的低泣。拖着长长的睡裙，那时我的衣服都是云姨帮我买的，全都是像小公主那样的。我看到云姨全裸着看一些画，人体画。我有些冲动，过去看，云姨早已卸妆，脸上白得几乎没有血色，却依然美得无与伦比。

我感慨，云姨，你好美。

云姨回头，浅笑，随手用花格子的大红画布将自己裹住，她似乎总是钟爱着格子，而红色更是她一直以来的颜色。

云姨，蓝儿长大后也要和你一样美丽。我靠近她，轻轻摸着她柔顺的头发，满大街的女子都是草一样的头发时，云姨唯一让我觉得奇怪的就是她仍然是乌黑的直发，这并不符合她如此女子的形象。

来，湛蓝。云姨把我拉到她怀里，凝视了我几分钟后，叹了口气，我被她看得有些发怵，目光就开始游移。那是一张张很抽象的人体画，画中的女子有着天使的面容，却似乎被欲望燃烧得无法让自己做到天使的善良，在她微启的唇间，是血色的扭曲的玫瑰，红色密布在黑色的画布上，想象不出画画的人是如何被纠缠，只是觉得凄凉和寒冽。

听见云姨的声音，湛蓝，叫我一声妈妈好吗？声音很怪异，有些颤抖。

不好，没有任何的思索，我就给出了她答案，然后迅速逃离。

不要，湛蓝，云姨用力地拉住我的胳膊，你是我养大的，叫我一声妈妈为什么不可以？我回头看她，眼里有着闪闪的晶莹，我并不为此而动，淡淡问了句，不是说云姨有个女儿吗？我冷静得连自己都不敢相信。

云姨不再说话，叹气后开始翻看那些不知道被她保存了多长时间，又不知道被翻过多少遍的油画。碧绿的河边，是男孩的侧脸，女孩的温暖，柳笛，想象中的美妙声音在房间里响起，那么熟悉的女孩微笑让我有刹那的迷茫，是云姨吗？在心里反复将两个不同年龄的女子比较着，一个 10 岁的女孩，你能要求她有多深的思维？于是我最后得出结论：那只是一张画而已。

云姨盯着画看了半天后又看着我，眼里星星点点，湛蓝，我的确是有个女儿，可是她一出生就被人带走了。算起来，她和你一样的年纪，你叫我一声妈妈好吗？

我很坚决地摇头，云姨就是云姨，妈妈就是妈妈。

临走时，我忽然发问：为什么不找她回？

云姨惨笑，我如此，怎配为人母？

那时，我虽 10 岁，悟性极高，只是习惯孤独。包括，云姨，我也从不多话，偶尔发问，却是深沉老练。

只是那个夜后，碧绿的河边，是男孩的侧脸，女孩的温暖，常常会出现在我梦里，然后我知道了那个男孩的名字，安，确切地说那个时候他已经算是一个男人了，只是我经常会莫名其妙地想象着那个女孩子是我，长大后我知道了，应该是说我那个时候已经成熟。

再听云姨谈他，依然冷漠，只是不再讨厌。偶尔我会问起关于安的事情，只是云姨却不再经常提起。云姨的房间，总有各种形状的药丸，白色的。我是个天生对药品过敏的，很不习惯那种气味，就更孤独地躲着不去云姨那里。

有一天，云姨有些颤抖，犹豫了很久说，湛蓝，安想见你。

依旧冷漠，却没有拒绝，丝毫没有考虑，连我自己都不相信自己的话，我反问云姨，什么时候？

你的生日。

身后，是云姨欣慰的笑和白色药丸落地的声音。

从见到安到现在已是有历史的时间，现在我即将 18 岁，而且身体也进入成人礼，可是我的安，我的爱，似乎并没有在我成人那一天来到。

[1 / 6]

13 岁的生日那天我看见了他。

云姨牵我的手，湛蓝，叫安叔叔。我定定地看他，穿天蓝色的棉布衬衫，淡淡的微笑露出健康的洁白牙齿。只是看他，不想说话，没来由地却想起云姨的画。原本只是好奇，只是想见到那个经常出现在我梦里的人，却没想到他的出现竟如此灿烂，我听见心口有碎裂的清脆。太刺眼了，好痛。

他笑着，俯下身子，轻轻揽我将我环在他怀抱。

安，云姨的脸变得苍白，声音又尖又细。他仍然笑，淡淡的轻吻落在我凉凉的额头。温柔的轻吻抚平了初开的心门，我感到身体在急速地飘摇。然后，看到一抹阴郁从身体里飘出，飞进去的是他爽朗的笑。甜蜜与恐惧同时致命地击溃了我。我无法让自己接受这突来的幸福袭击，惊喜中又有一些惶恐，突然一把推开他，飞快地跑向自己的房间，关门的一刻，听见云姨的叹息和他的困惑。

靠着门背上，我听到自己在问自己，湛蓝，你怎么了，你不是不轻易接受别人的走近的吗？你怎么了？同时我又听见另一个声音在说，湛蓝，这个人以后会改变你的生活。十分钟过去了，心跳算是恢复了正常。我悄悄走出去，安静地走到他面前，脸上苍白却真诚，又略带着怯意，我可以叫你安哥哥吗？

又是一声不可思议的惊叫声发自云姨的口中，我则在安的怀里吹灭了十三根生日蜡烛。

我是个孤儿。唯一的亲人是没有血缘关系的云姨。13岁之前，我冷漠地拒绝任何陌生人的靠近，13岁之后，我会与第一个靠近自己的安度过每一个生日，一生的。

　这段话只有一个人听见，我自己说给自己。

[1 / 7]

　　现在我马上18岁了，我想象着安在我身体里让我成长的典礼，当颜晓不止一次在进入的时候问我，湛蓝，你爱我吗？

　　我总是闭着眼睛点头，可是我不说话，也不会睁开眼，我让自己的思维在安的影像中沉溺，游离。

　　颜晓出去的时候，我就一个人关掉灯，赤着脚在冰凉的地板上来回踱步，硬冷的空气中掺杂着我魅样的寂。

　　回忆，蔓延开来。

　　14岁，我已然习惯将手放在安温热的掌心，随他穿过胡同，穿过马路。车来车往的街上，我惶恐地贴在他身上，像可怜的小乞丐紧依贵妇的怀，生怕一不小心跟丢了他。抬头看他，才发现他原来也紧张得要命，牵着我随着人流谨慎穿流，渐渐地，掌心渗出汗珠，我欲抽手擦干。稍有动作，便被更用力握紧，也不反抗，反而涌现一丝甜蜜，心里想着情愿这样牵手一生一世。到了学校的时候，才发现手心早已是浊腻的汗水。他不语，却是清澈的一吻落在我的额头。

周末总是和幽宁一起去暗黑玩，暗黑是个阴郁的地方，我常常是颓废地趴在吧台上冷眼看着那些疯狂而孤独的男男女女，年轻的时候是如此渴望着成熟，然后用自己幼稚的方式来诠释着成熟，其实我们做的不过是叛逆。

有男子会偶尔狎弄过来，然后是碰撞，我让自己肆意地笑，然后恣意地做出轻佻的招手。哥，不想请我喝酒吗？我有严重的精神分裂症，不知道从什么时候开始的。

看见幽宁满身是血地扑到我面前时，我几乎正坐在男人的腿上，距离近到可以看到男人脸上粗重的毛孔，听得见他急促的呼吸。我在笑着，笑得很放肆，可是眼泪却在流着，我在想，如今的我到底算什么。

幽宁断断续续地讲述着她受伤的情节，我大致听明白了，有个穿红色衣服的女子和她在舞池里打起来了，没有问什么原因，顺着她的手指看过去，一个比我有过之而无不及的女孩在一群男孩子的喝彩中疯狂地扭着难看的舞姿，至少在我看来，她是难看的。

我安静地出现在女孩面前，脚步却是摇晃的，你好，音乐声掩盖了我的问候，女孩鄙夷地看了我一眼，准备离去。她旁边的男孩子冲我吐舌头，我晃晃所剩无几的酒瓶子，贴在男孩子身上说，跟我走吧，跟着这种货色丢你人。

　　周遭全是起哄的笑，女孩恼羞成怒，推开我，拉着男孩子就要离开。我依旧是笑眯眯的样子，一把揪住她的头发，然后手中的酒瓶子脱手而出，女孩一声尖叫，血从她的额头蜿蜒下来，所有的人有了短暂的安静，四周只有音乐刺耳地响起。所有的人都被我突然的变脸惊呆，女孩捂着脸惊恐地看着我，我发疯般将女孩子踹在地上，用我那双白色的皮靴狠命地朝她的脸上、身上雨点般地踩下。

　　音乐越来越疯狂，女孩的哭泣声掺杂其中，我已是红了眼，酒精在身体里肆意地燃烧着，冲击着我的神经。好几个男孩子也没拉住我，直到幽宁哭着说，快走，湛蓝，会死人的。

　　被一群人惊慌失措地拉出暗黑后，我看见女孩子被人扶出来，然后两个警察在那里询问着，女孩哭泣着诉说着，血还在流着，红色的血染红了红色的衣服，我突然有了莫名的快感。幽宁和几个不认识的男孩子拽着我让我赶快离开，我突然挣脱他们的手，冲到女孩子面前，又是一阵狂打。所有的人都被我吓坏了。

　　警察拉开我的时候，女孩可怜地蜷缩在地上，血渍几乎满身都是。被铐的时候我回头看幽宁，她在哭，我给了她一个微笑。

　　或许幽宁觉得我在帮她，但不是。

　　没有人知道我在想什么，我在等，我知道只要我出事了，久违的安就会出现。

　　上警车的时候，我却听见颜晓的声音，湛蓝，为什么要这样折磨自己，你到底要怎么样？我灿烂地对着他笑，却没有说话。

始终记得那时颜晓摇头的无奈，然后他大声地说了句，湛蓝，等我，我爱你。

那次我失算了，安没有出现，二十四个小时后，我被放了出来，接我的人是颜晓，交了五百元的罚款。走出留置室的大门刚好赶上我的生日。

我18岁的生日，没有和那个我发誓要在一起的人过，那天，没有生日蜡烛。我扔掉自己的银行卡，我说，颜晓，以后我一无所有。

CHAPTER 03

我不想为谁
留下我的处女夜

花都被野兽吞噬了，
你冷冷地站在墙角边上撕扯着墙上那幅梵高的画。

你说你喜欢抽象的一切。

太阳被天狗吃掉了，月亮被水浇湿了。

．．．．．．．．．．．．．．．．．．．．．．．．．．．．．．

MD，这个世界最好永远都是黑色的，
正如某位诗人说的，用黑色的眼睛在黑夜里寻求光明。

在座的哪一位没有学过初中一年级的代数，
负负的结果恰恰是正。

我听到女娲曾经补上那个缺口又再一次喔唧一声，
然后咸涩的泪水瞬间覆盖了我。

[0 / 1]

我出了留置室，却用心给自己的心照样建造了一座城。

一个月我没有出房间，让自己痴迷在黑色的氛围里，一个月，我只吃方便面，喝自来水。我跟颜晓说，不许离开我，就这样陪着我。我们无节制地做爱，我贪婪地像缺水的鱼在颜晓身上索取着。我需要身体的慰藉，来抚平心里的失落。

一个人的时候，我就趴在床上有一条没一条地和幽宁发短信，或者像条泥鳅一样窝在墙角发呆，地上总是冰凉，然后冰凉地刺激着我的欲望，身体里燃烧的岩浆就这样慢慢降温。让我想起和颜晓做爱时我异常冷静和疯狂，我问幽宁，你有过幻想吗？

幽宁发过来一句答非所问：我在和一个男人喝酒。

我不再询问，然后在空荡荡的屋子里褪去我的衣服，阴冷的月光透过窗帘的缝隙射在苍白的墙壁上，我看到自己瘦削的肩，凌乱的发。记不得有多长时间没有剪过指甲了，指甲划过肌肤时，我看到有些干燥的印记，然后就那样赤裸裸地像座塑像站在窗前，接受月光的沐浴。我开始像个疯子一样满世界地找黑色的指甲油，终于被我在床下一个黑色的小盒子里找到，亲吻，莫名其妙地流泪，然后就是安静地，小心地，涂遍全部指甲。

半夜的时候我会跑到街上数汽车，然后给自己定下数够多少辆汽车才回去睡觉，然后我会完全忘记我在哪里。

湛蓝，快点回家。我仿佛听到那熟悉的声音，抬头看去，是安，他像座大山一样站在对面马路上，车辆不停地变换着，我们在变化的画面中间搜寻着对方。

安，带我走，我已经习惯被你牵着手。我使劲地喊着，用力地喊着，却发不出丝毫声音来，我看到安在焦急地向我挥手，于是我朝着那个方向走去，继续走去，一抹红色闪过，我失去了知觉。

听到最后一声，湛蓝，回来。我还算清醒，是颜晓的声音，那时我在回头，向他微笑，我告诉他我的决定，我要去找安。

[0 / 2]

我面对着两个人不同的脸色，颜晓明显是等待中的焦虑，幽宁脸上却是冰冷的不屑。湛蓝，我看不起你，要不是你现在是病人，我早就一巴掌抽在你脸上了。你凭什么拿颜晓只当作一个替代品！

幽宁，别说了。颜晓的声音很小，但是有着摄人的魅力，安静地穿透着病房，穿透着我苍白的心。幽宁冷冷地摔门而去。

颜晓，我。我不知道自己要说什么，颜晓温暖的手放在我的额头，湛蓝，你好好休息吧，幽宁还小，别理她。

　　我感激地看着他，那一刻萌生的念头竟是，就这样和颜晓，其实也很好。

　　许多年后想起来，那时我对他还是有着感情的。闭上眼睛，装作累了，其实是不想让眼泪就此掉下，颜晓出去后，我默默地说着，对不起，也许是我太小了，比起幽宁，我的确是很自私。

　　一个人的童年总是会如此改变她的很多观点，包括到现在我仍是不知道感动与冲动的概念，常常想象着自己与很多陌生人做爱，只是臆想着，然后仿佛有物体在身体里游离，膨胀。云姨的那些画具一直被我保留，不知道保留那些做什么，我从来不会触碰，可是却常常幻想着自己与那些颜料和画笔纠缠，于是颜料在我身体里被欲望燃烧着，你知道岩浆流过肌肤的感觉吗？我形容不出来自己的狂乱，只是需要，迫切地需要。

[0 / 3]

　　欲望是不能节制的，但是却可以压抑，我开始写字，写一些让人疯狂的、混乱的文字。开始让自己的幻觉延伸到笔下，我告诉自己，既然已经放弃，那么学会忘记。

　　安似乎从我的生命中蒸发。

秋天的时候，我说，颜晓，我想上学，我想学点东西。

颜晓问我，想去哪里？

我摇头，不知道，我只是突然想平静一点，充实一点。

颜晓说，你去艺校吧。我找我爸爸帮忙。

我没有吭声，也没有拒绝。在颜晓怀里我蜷缩成一只猫，那种猫的姿态让他不安，一个已经习惯了我的叛逆的男人无助地面对着我突然的乖巧。那一夜，我们只是相互拥抱着，似乎是感情有了升华，又仿佛是对身体的厌倦。

逐渐认识了很多人，一些是白天的，一些是夜晚的。我依然孤寂，依然阴郁，可是我让自己变成奔放的罂粟，骨子里排斥陌生人却又在引诱着陌生人。

颜晓说，湛蓝，你的文字很有质感。

我冷冷地笑着，别人说我的人很性感。

颜晓不再说话，他是这样的，纵容着我，迁就着我。可是我讨厌这样的沉默，讨厌这样的溺爱，这样会让我觉得亏欠，实际上我宁可自己是没有感情的，因为我的感情早在14岁那年给了一个叫安的男人。直到如今不能忘怀。

[0 / 4]

颜晓很快跟他爸爸打了招呼。我上学的事情办得八八九九，但颜晓的爸爸却忽然提出让我登门的要求。

颜晓的爸爸盯着我看了半天，问，你是湛蓝？听不出来他的口气是询问还是确认，只是我在他眼里看到一丝迷茫，但是那丝迷茫里又带着奇特的伤感，或许还有愧疚。我突然想到愧疚两个字，这个词语的出现让我对自己的智商有些怀疑，因为我们从不相识。

然后我突然发笑，第一次用甜甜的声音叫了一声，叔叔好。

颜晓对我的表现很满意，来他家之前，他和我说，自己已经向家里人提起，我是他的女朋友。

只是颜妈妈似乎对我很排斥，看到我的时候她只是冷冷地说，来了？

那天我很殷勤，尽管颜妈妈那么冷漠地对我，我还是主动坐在她旁边说了一些恭维的话，临走的时候她对我态度好了一点，居然能挤出一丝笑容说，蓝蓝，以后经常来玩啊。

但只是表象。

回到那黑色的屋子里，我仍是那个略带神经质的女子。叼着烟看镜子里冷艳的女孩，她终于拥有了一张和云姨一样美丽的脸。只是，她依然寂寞，她没有朋友，除了另类的叛逆的凄楚的孤独，还有让她挥霍的金钱。她一无所有，她以为，长大就会拥有他。她选择冷僻，选择不安分，企图让时间过得飞快，飞快得让她忘记疼痛和恐惧。

可是，他不懂她。那个叫安的男子，他不懂她，镜子里的女孩。

我对着镜子让她泪流满面，说好的不哭但还是哭了。

颜晓不看我，站在窗前看着窗外，像是自言自语地说，湛蓝，你就像倔强的孩子迷了路，我到底要怎样才能帮你？

我凝视他的侧脸，他脸上尽是无辜的疲惫。

本能地微微一愣，心里牵扯出隐隐疼痛。

我忽然说，颜晓，我想出书，出书，你明白吗？不再编故事，就是我的书。

幽宁打电话过来的时候，我数了一下，我写了三万字了，然后刚好写不出来东西，她的电话就来了。她说，湛蓝，颜晓说你在写小说。

我说，是啊，要看吗？

幽宁的声音低低的，湛蓝，可以让我做个女主角吗？

我不知道怎么回答，我不知道应该怎么告诉她，其实我只是想写出我对安的爱恋而已，不想有太多的情节和人物。

幽宁并没有理会我拒绝般的沉默，她开始在电话那头哭泣，然后她开始讲述自己的故事，其实我一直都知道，她的故事，她爱的人是颜晓。

幽宁讲电话的时候一直在哭，这种情绪深深地感染了我，我也开始抽泣，只不过我是为了自己，不同的故事背景，相同的女子情怀，我无法让自己做到坦然面对。

幽宁说，湛蓝，答应我，好好地去爱颜晓，我知道自己没有资格，没有权利去谈爱情。

资格，权利，我苦笑，爱情能用这个词语来说吗？可是我找不到话语来安慰幽宁，安慰一个13岁被人轮奸，仍然坚强地活着，仍然会爱的女孩。我一直都知道她是爱着颜晓的，知道她是不快乐的，可是我仍然没想到会是这样的情节。

天花板上时间留下来的印记在苍老地记忆着，思索着，是蜘蛛网还是尘埃。幽宁在哭泣中挂掉了电话，她说，湛蓝，因为太爱他，所以我很嫉妒你。

我的声音总像鬼魂在飘，虚虚的。我说，宁宁，也许我更嫉妒你的坦然与明媚，尽管是掩饰的，可是我连掩饰都学不会。

这个电话延续了一个小时四十一分钟，打乱我所有的思绪，以至于我神经错乱地想到这是一个类似愚人节的玩笑。因为那一个小时后的零头，四十一，一个和四月一日如此接近的数字。

[0 / 5]

颜晓通知我说，一个月后我就可以去上学了。

除了感激和感动，我想不出还有什么东西让我来诉说，也许我根本就是反对自己再去爱一个人，我说，颜晓，别打扰我，我要安静一个月，一个人的安静。

然后我在这一个月开始零散地回忆着安在的日子，开始编故事，用一块五毛钱的圆珠笔在两块钱一沓的稿纸上记录：

夜里，常被他幽幽的柳笛声扰醒，趴在窗台看他噙着柳叶发出伤感优美的旋律。她不懂音律，却亦隐约听出他略淡的惆怅。想起云姨的那张画，那双栖柳荫的恋人，她悄悄走到他身后，踮着脚吻他脸上的薄雾。他幽叹，揽她入怀：你还小。

她笑，等我长大，嫁给你。

写出刻骨的记忆好累。

凌晨两点的时候，我起身，裸着身体让自己屏住呼吸在黑暗中对着空气说话，一直以来我总是会想象着黑暗里有个人在注视着我，注视着我的身体，然后我开始在微弱的月光下跳舞，各种舞蹈，累了，终于累了，只是精神依然亢奋，依然睡不着。

开灯，对着镜子抚摸自己那苍白得不成颜色的脸，青春几乎是空白的，我冷冷地冲着镜子里的我笑，然后歇斯底里地发疯，喉咙里却发不出声音，仅存的理智告诉我，现在正是别人休息的时候，我的手重重地击在镜子上，玻璃碎了，我的脸在镜子里成了歪曲的很多张，血一滴一滴地流下，我变态样地吮吸着，像吸血鬼样的饥渴，咸咸的，嘴里只有如此简单的评价。

我是这样感性的女子，一分钟爱上的，却赔上了自己的一辈子。

在等待去上学的那一个月，我让自己一个人去安静地思考着，遗忘着，然后虚拟着自己和安的爱情。这种虚拟带来的对心的考验是如此之大，犹如黑暗中吸引力巨大的黑洞，让你一旦走近便竭尽全力也无法抗拒。

在自己的思想和记忆里徘徊，我问自己，在抗拒还是在享受。

[0 / 6]

回忆的确是件痛苦的轮回，安居然没有问我为什么想起自杀，安顿好我，他说，好好休息。

安没有问我，18岁到23岁的五年是怎么过来的，半年前他突然出现了，出现在我演出的现场，当时我居然只是木然，而安也没有说话，一把拉着我就朝外走。

他的手掌还是那么温暖，我还是那么听话地跟着他，穿过车龙人潮。

安不问，我也不说，然后所有的东西都被我虚构成小说里的情节，翻开五年前的那沓两块钱一本的稿纸，我看到那用一块五毛钱圆珠笔记录的故事还是那么清晰，然后我看到有血渍的那段，那是我强烈幻想着安与我的相逢。

他去出差，一个月，只有她混乱的呼吸。

房子里寂样的冷，她把自己裹在被子里，常常穿着他的棉布

衬衫蜷缩在墙角。尽管冷，依然习惯嗅他淡淡的烟草味道，触冰凉的地面。一支接一支地吸烟，一遍又一遍地看王家卫的片子，有人说太俗套的台词，她却喜欢，感人。

生活得单调而颓散，连吃饭也懒得下楼，只是依赖着床头成箱的泡面，偶尔充饥。最后吃到，胃里到处泛滥泡面的酸。

然后，在日记里零散地记下，安，想你。

他回来，看她瘦得不成形的憔悴，惨白的脸，房子苍寂的乱。眼里闪着怜惜，24岁的女子，怎会是如此的不会照顾自己。

她只是拿出自己的文章，拖着虚弱的影，孩童似的开心，一篇一篇地给他看，不管他认真与否。

他看她天真的笑，突然怀疑时间究竟是否已过十年，为何仍是初识时的画面。脸上却是慈祥的爱，无意也害怕着她非同龄的伤感文字。仍是在瞥到篇首的题目时，他的心口终于裂开，湛蓝十年。她可爱的笑容里是冷静的挑衅。

瞬间，房子里弥漫着伤口腐朽的味。

始终没有如此的相逢镜头，我没有把自己的文字和臆想拿给同样一个安。他和我的见面像是一杯白开水，而且冰凉得让我无法去冲泡一杯茶。

我开始继续写我的小说，用倒叙的手法，这是我不习惯的手法，安说，有的时候我们必须去强迫自己。

我听他的，开始回忆我的五年，那种跳跃性很强的回忆。

[0 / 7]

安说，湛蓝，我老了。

我乖巧地从贴在玻璃窗的状态跳入他的怀中，透过宽大的玻璃窗可以看到城市朦胧的夜。缠缠绵绵的细雨无边无际的凌乱，我打量着他。坚毅的鼻梁和棱角分明的嘴唇，清澈依旧的瞳孔，尽管闪烁着沧桑。我把自己的头深深埋在他的臂弯，他身上有很淡很淡的烟草味道。

他继续，湛蓝，安定下来吧。

我微笑着看他的眼里流过一点点的疼痛，我一动不动地蜷缩。他已接近不惑之年，却依然是十年前的微笑。然而，衰老终将吞噬不年轻的心，我怕。这样的雨夜，也许只适合在他怀里睡觉，睡着了不要做梦，类似于短暂的死亡，那也是幸福的人生。

我还是在写字，没有固定的职业，安说让我好好地找个工作，我哭了，不是不想找，而是找不到。

我一直自卑，始终没有一个正式的毕业证——那张被很多人不屑却又让很多人郁闷的红本本，然后我一直失业。

湛蓝的卡上一直都有着让人费解的汇款，所以她从来不会为生活而发愁，当然无所谓工作。这句话是很多人对我的解释。

伸开五指我抓不住我的未来，也摸不到我的过去，天空始终是灰色的蒙蒙，当很多人为了生活奔波时，我想的是要忙碌，一个人有太多的物质，就会太空虚，那么多的时间用来想念一个人，没有人知道我是发愁的，我在努力地找寻着一种能让我玩命的工作。期待着宣泄出所有的精力和思念。

比如我曾经妖娆而疯狂地出现在喧哗的迪厅，比如我曾经淋漓尽致地让自己在舞台上痛哭，一种发泄，一种解脱。

也许有人是为了不菲的演出费，而我是另一种。

[0 / 8]

我终究不是读书的料，不安分的因子一直在骨子里跳跃着，在我大学读到第二年的时候，系主任找到我，很真诚地说，湛蓝，你会是一个不平凡的女孩，可是你的舞台应该更大。

我笑了笑，谢谢，对不起。

然后我微笑地走出主任的办公室，门外很多围观的同学，在众目睽睽之下我当场摘下校徽，再见，艺术殿堂。

学校门口竖着很大的一个牌子，在风中瑟瑟地发抖，我走过去一脚踹倒。上面红色粉笔的字迹安静地对着我咆哮，嘲弄？自怜？

心里碎碎的，有些痛，低下头看了看自己，发白的牛仔裤，宽大的黑色毛衣，瘦削的身子在空荡荡的衣服里颤抖着，摇摇头，保持一种芦苇的姿态去抖落，抖落一些不安的碎片，有些东西成了碎末后会渗透在肌肤里，总是让我痛得不知所措。

红色似乎并不全是成功的象征，更多的是血色的味道。

我不要为谁留住我的处女夜，我不要为谁付出我的贞操权，我就是我，血色湛蓝。牌子上赫然醒目的一行字清楚地提醒着我，我曾经在这里挣扎过。

04
34 度 5 的 爱 情

你知道什么?

你只看到蜗牛慢吞吞地前行,
你只听到火车驶过时发出的是呻吟的声音。

滚 TMD 浪漫主义的梦想,
当我再次触摸滚烫的轨道时,
明显碰到你冰凉的心。

事实胜于雄辩,
当体温计在你的口中滑下时,
我拧动水蛇的腰大喊一声,
妖精,你的沸腾已经凝固。

[0 / 1]

　　在校两年，我仍是没有几个朋友，偶尔幽宁会来看我，有时会挽着颜晓的胳膊，她的脸上开始出现率真的微笑，和颜晓在一起时，她是只快乐的小鸟。

　　这是一所全封闭的学校，每个月只有两天的休息时间，更多的时候我们是在寝室和教室度过的。学校美女如云，帅哥无数，当然这也是一个贵族学校，没有足够的金钱和权力，你只能望门兴叹，我知道颜晓的爸爸为了我是动用了一定的关系，想到这里，我总会又想起很多事情，我不相信他会对儿子的一个关系不稳定的女朋友甘愿如此付出，可我只是模糊地看不清究竟他为了什么。

　　宿舍是那种四个人一起的，条件还算可以，18英寸的彩色电视，统一的201电话，清一色的18岁女孩，个个如花。

　　对面的男生宿舍总是在搞什么联谊，然后每天电话都和热线没什么区别。她们在疯狂打电话的时候我就一个人窝在床上给幽宁发短信，上铺的女孩一会上一会下，一天二十四个小时下来，我想她肯定消耗了不少能量。可是整个宿舍就她整天喊着要减肥。

　　四人分别来自四个城市，内蒙古，天津，广州，西安。

　　内蒙古的那个也就是我的上铺，很好听的名字，肖静璇。不错的一个女孩子，浑身充满着青春的气息，第一天见面她就灿烂地给自己起了外号"蚂蚱"，很贴切，她的确像个蚂蚱，蹦来蹦去的。

两点四十五分的时候，电话又响了，不等肖静璇跳下来接电话，这个时候也只有她的电话才会响起，我抓过电话，现在是午夜幽灵巡回时候，请不要随便骚扰。然后挂掉电话。

她先是目瞪口呆地看着我，直至我挂掉电话几分钟后，她才喃喃地说，湛蓝，今天我才发现你简直是个天才。

还没反应过来，她就像座大山压在了我身上，然后非要和我挤通宵，我的宽大床铺就那样被她死赖着纠缠了一个晚上，听她絮絮叨叨地讲了一个晚上自己的爱情故事，我辗转无眠。

自此，多了一个朋友。

[0 / 2]

肖静璇的眼睛是那种很明显的少数民族的深邃，和别人的恭维不一样，她总是在和我散步的时候冷不丁地冒出来一句，湛蓝，我要是男生，一定会为了你死掉。另类的一句赞叹，通常这个时候我只会把手里那支几乎快化掉的麦当劳蛋筒塞到她嘴里，提醒她闭嘴。

阴雨绵绵的日子里，广播里总是一遍又一遍地重复着那首让我头疼的《你的眼睛背叛了你的心》，后来说是声乐班的一个男生参加什么比赛的小样。肖提起那个男生时眼睛里闪烁着惊人的光芒，尽管是在熄灯后的午夜，我依旧能感受到她沉迷的程度，就像当初云姨提起安的激动，或者比那时还要冲动。

听肖讲话时，我只是安静地蜷缩，再蜷缩，黑暗中我听到有阴森森的声音，湛蓝，我一直在你身边，不会离开你。看不见身影，只是一种熟悉的声音，我知道是谁。

童年就是这样过来的，黑灯的时候，他会出现，然后我就养成了对着空气说话的习惯，我的思维里有这样一个人，关心着我的关心，在乎着我的在乎，即使他永远是在黑暗中，阴森森的。

我淡淡地笑，我知道，全世界都离去，你也不会。

湛蓝，你睡着了？肖的声音打乱了我的思维。方才清醒，我在痴迷状态发出了呓语，不自然地笑了一下，我说，没什么。

肖喜欢的那个男孩叫韩东，对于他，我并没有多大的印象，唯一觉得他另类的就是那浑身都是洞的乞丐服。

我对肖说，男人没有一个知道爱情的。

肖闪着单纯而无辜的眼睛看我，奇怪我为什么用了一个男人的称谓而不是男孩，她一直认为我是个安静的乖孩子。

我冷冷地看着天花板，很黑，什么也看不到，但我还是在努力地看透什么，我也不知道自己为什么会突然那样说。或许我想起了安，或许想起了颜晓。

习惯将自己蜷缩在睡衣里，肖也学着我茫然地看着天花板，黑暗中谁也看不到谁的脸，只能简单凭着呼吸来判断我们的思想。

我说，肖，黑暗中的心跳是最真实的苍白。

肖不懂的，当一个人的心跳在黑暗里是那么混乱而清晰，她的心其实早已死去。肖的心跳是温和的，有节奏的青春，听着她的心跳我的眼前总会浮现出鲜活二字，而我只是枯萎，沉寂。

[0/3]

周末的时候，被肖死拽到土门的一个滚轴溜冰场去玩，八十元一张门票，进门的一刹那，我仿佛回到了暗黑。一夜之间，青春开始溃败，愤怒得不成样子，听到一声绝望的“带我离开”，我无法让自己的思绪从唱歌的人身上移开。

肖在我旁边疯狂，身边的人也在疯狂，甚至间杂着一些陕西的方言粗口，这就是朋克？我问自己，是的，我不懂摇滚。

那个叫韩东的，穿着那条让人咋舌的破旧牛仔，那个我印象中总是在深情款款地唱着让人头皮发痒的情歌王子，此刻在用另一种方式证明着自己的存在。绝对的绝望，绝对的崩溃，我喃喃自语，没有人听到，我的声音像一片落叶拂过演出现场，然后轻轻落地。

　　肖紧紧地抓着我的胳膊，她的激动，她的热情，她是真正地拥有着自己的激情。我只是冷静，置身于台下，我是岩浆群里的一滴无法融化的因子，我安静地任欲望在燃烧，安静地等待着众人安静下来。

　　终于安静，终于所有的人都安静下来了，因为韩东在最后一刻跳得很高，很高，然后重重地跪在地上，哭泣，我看见鲜血从他的膝盖淌开。在一声沉重的金属拨片划过后，他歇斯底里地呐喊，带我离开。

　　凄厉，挣扎，空洞，颓废，所有华丽的语言都被我逼到喉咙，我在长久的沉默后爆发，在众人的思索中爆发，在肖的不知所措中爆发。我冲到台上，和着韩东的声音，一遍又一遍地嘶喊，带我离开，带我离开。

　　他是个男人，知道爱情的男人。这是我见到另外一个韩东后说给肖的话。

[0 / 4]

　　五年的光阴绝对可以把初恋情怀淡忘，也绝对可以把那份情感渗透，至于我是忘记了，还是刻在了心里，连我自己都不知道。

　　五年了，我改变了很多，人们说我是一朵带刺的野玫瑰，伤害着别人也伤害着自己。我的身体里散发着妩媚的诱惑，那种致命的诱惑，让激情和欲望蹂躏着我的神经。而我的灵魂却泡制在孤独和空虚中，无时无刻不在思念着安，一种心碎的思念。

　　每个夜晚来临的时候，是我出现并堕落的时候，因为这个时候是思念蔓延的时候。

　　然后我在决定遗忘的时候，安回来了，安回来的时候我守着我那沓被自己翻得很烂的稿纸，他不看，我不说。

　　有个编辑说，湛蓝，你的文字太情绪、太个人，要是适当地修改其实很好的。

　　我微笑，本来就是一场没有情节的故事，我只是写给能看懂的人。

　　颜晓不懂，因为他始终是个局外人，幽宁明白却不懂，她懂破碎，却不懂粉碎。

　　我安静又残酷地剥开我的伤口，轻轻地撒上碾成粉末的盐粒，闭着眼睛享受着，享受着彻骨的痛，我的文字在房间里飘荡着，我用虚脱的声音大声地朗读着：

　　他们疯狂地做爱，疯狂地满足着对方。她用自己的身体去温暖他冰凉的心，用自己的柔情去慰藉他受伤的心。可是她的伤口越来越大，血不停地流着，她眼睁睁地看着自己的血流进他的身体里，然后看着他复苏，而她在慢慢枯萎。

她一边用心地爱着他，一边用犀利的言语刺激着他，眼看着他一天天地清醒过来，然后自己失去知觉。他要走了，他要重新开始他的生活，她用眼睛询问着他，他沉默地搂着她，湛蓝，你是我生命里重要的女人，可是我给不起你爱情。

她笑了，笑得很从容，然后很温柔地亲吻他。她含着泪笑着，亲吻着他的每寸肌肤，我说，安，你要记得我，我爱你。

那一夜，他们很投入地亲吻着对方，她知道她所有的爱情都在舌间的纠缠中，尽管唇齿之间磕碰的不是爱情，她不后悔，她要他永远地记得自己，记得那一夜。

幽宁总是说，湛蓝，你沉沦太深，编这么多的故事有必要吗？

烟在我指间流淌，必要？

一段感情用必要和不必要来诠释的话，我只是沉默，安静，她看我，无言。

我面前摊开着一幅又一幅的人体油画，似曾相识又如此陌生。幽宁安静地听我说话，叹息，竟是如此的造化。

我无法让自己去看画上的女子，冷漠而又妖冶，看得出画画的人是被理智与欲望压抑得痛苦，以至于所有的花瓣竟被扭曲得如同毒焰的灼。

画画的人是安还是云姨，我一直不知道。

安曾经是云姨的男朋友，我对幽宁说。

安对于我，只是我心里的一段爱和幻想，我只能在自己的文字里和他靠近。发泄我的疯狂。

湛蓝，换杯咖啡，以后不要依赖苦咖啡，加方糖的咖啡很简单，容易品尝。幽宁突然莫名其妙地讲了一句让我也听不懂的话。

[0 / 5]

平安夜那天，幽宁没有预料地出现在我面前，当时我正一个人窝在宿舍里写字，大段大段的华丽文字被我刻意地堆积。

幽宁，用了你的名字做我的主人公。

幽宁不说话，只是拿过我的字，看着，念着，从无声到有声。

你知道，有一种玫瑰不是花，而是腥臭的血渍。

他的手腕上明晃晃的，让她想起很久以前钟爱的水晶手镯。只是那晃亮亮的刺眼价格过于昂贵，她看见年轮一圈一圈地融进白色。

她笑，居然灿烂，湛蓝，我爱你。

回头，幽宁幽幽对着她笑，她却怎么也笑不起来。

拖着脆弱的步子走过去，她触碰到幽宁幽幽的眼神里那寒冰一样的热情，熟悉而陌生。

他的背影渐已模糊，她的泪轻轻落下，落在他惨淡的爱情宣言里。

楼道里静悄悄的，屏住呼吸，她感觉玫瑰的气息在拐角的地方暗涌，翻江倒海地在楼道里折腾，却是瑟瑟的孤独。

你要的终于得到了，我可以闻见爱情的味道。幽宁看着她，目光呆滞而游离，纤细的手指划过她的脸，近似嘲弄地落下。

幽宁，那是玫瑰的气息，我的爱情是蔷薇。我并没有想象中的坚强，当幽宁温柔的祝福响起时，她明显地嗅到血腥的臭，看着幽宁美丽而阴郁的脸，她用手遮住玫瑰铺天盖地的侵袭。

湛蓝，玫瑰就是爱情，难道你不知道吗？傻瓜，没有人会相信蔷薇会带给自己幸福。

幽宁的笑很勉强，背影却很飘逸。玫瑰飞快地在楼道里穿梭。最后楼道上只剩下她孤零零地定格在空荡荡的楼道里，她却几乎被玫瑰的芬芳窒息，因为她知道自己得到的并不是想要的，却是幽宁所执着的。然而，玫瑰也没有给我带来幸福，对着幽宁的背影她喃语。

幽宁说，湛蓝，我可以加句话吗？

我没有吭声，只是看着她用笔歪歪扭扭地写下一句话，幽宁的字写得很难看，像一只只丑陋的毛毛虫爬过，但是她的语言又有着干净的美丽。

我以为，那只是一朵淡白的蔷薇，摘下时却扎伤了我，玫瑰也从*此凋零*。

湛蓝，你相信轮回吗？午夜的时候，我们依偎着看窗外的烟花，看烟花那一瞬间的灿烂，幽宁发问。

我只是微笑，微笑，然后捕捉到彼此燃烧在喉咙的瞬间二字。原来只是刹那芳华。

我忽然想问幽宁，她和颜晓之间怎么了。

她回头说，湛蓝，你是个好女孩。

[0 / 6]

肖曾说过同样感觉的话，湛蓝，你确定韩东是个好男孩？

她很认真，我坏坏地笑，他会是个好男人。

男孩与男人我一向分得很清楚，看到肖甜蜜地挽着韩东的胳膊时，我看到他眼里闪过的迷乱。这是一个男人看见湛蓝时都会出现的惑然。

颜晓依然在周末的时候会来看我，有时带着幽宁，有时不带，问起时，他似乎不愿意回答。而幽宁却总是在提起颜晓时像个孩子，也许，她原本就是个孩子。或者在爱面前，我们都孩子般的懵懂。

爱情真的是个迷惑人的东西，甚至是只陀螺，不停地旋转着，不转的最后没有人知道它的定位。

韩东约我去看电影，我斜着眼看他，这样对肖不公平。

他不说话，霸道地拉起我的手就走，我没有拒绝，我说，湛蓝，你天生就是贱人，顺从地跟着韩东走。

潮湿而暧昧，电影院没有几个人，有的只是躲藏在黑暗中的肮脏，时不时因为影片里女主人公虚假的呻吟声，引得下面零散的窃笑和咒骂，不是恶毒的，是最土的那种陕西方言，明显有着龌龊成分。

韩东的手在我的大腿上游移着，他急促的心跳压迫着我，让我无法呼吸，我试图挪开他的手，等到触到他灼热的手掌时，我才发现我根本没有力量去阻止，甚至我潜意识里还在渴望着，等待着。

他几乎要贴在我胸口说话，湛蓝，那天在土门我就迷恋上你了。

我没有说话，头脑很清醒，这不过是男人骗女人上床的伎俩，可是他的手在我身体上游动着，我无法控制自己的欲望上升，包括他不匀称的鼻息也影响了我，我听到有个放荡的声音在飘荡，韩，带我离开。

就在这里，不需要离开。

我若有若无地挣扎，也许更像是诱惑，他的手在慢慢下探，不停地说一些含糊灼热的话，零散的座位上和我们一样疯狂的男女在窃笑，呻吟，宽大的屏幕上是不堪的画面，没有人真正注视，听在耳里的也是通过影院四周那夸张的播音器透出的男欢女爱。

他粗鲁地吻我，抱我，抚摸我，搓揉我，激发我的欲望。

我的呼吸变得急促而沉重，非常紧张，皮肤开始发汗，肌肤紧绷，心跳加快，控制不住自己，我敏锐的神经经过这样的调情燃烧起来，沉浸在兴奋的神色中，韩东，我要你。

韩东的手在我的身上冲撞着，他说，湛蓝，你是个彻底的女孩。我的思维已经混乱，我只是需要，需要。颜晓的痴迷，安的冷漠，幽宁的无助，云姨的苍白，在韩东进入我身体的时候，我的电影开始放映。我飘离了自己，灵魂在注视着自己的戏，我不带任何感情地看着自己和韩东的纠缠。

口哨声，呻吟声，浪笑声，女人的推就，男人的粗鲁。肮脏的，邪恶的，醒酲的，没有灵魂的对白。

我们疯狂地纠缠，疯狂地撕裂，疯狂地吻着对方，感应着对方，直到激情地宣泄。我依偎在韩东怀里，流泪，没有原因。

是的，我对男孩和男人分得很清楚，我知道韩东会是个好男人，包括他能让一个女人快乐。

韩东说，湛蓝，我想我是爱你的。

我没有怀疑，正如我没有怀疑韩东对于我的冲击力不亚于安，我对他的确是有欲望的，仅仅欲望，我哭泣，我失去爱的能力。只能在他们带来的性的感觉中去品味那个真实的、幻想的、暧昧的、渴望的安。

之于颜，之于韩。

[0 / 7]

肖问我，背叛是什么？

窗台上的矿泉水瓶子被窗缝里透进的风吹得叮叮当当作响，我说，肖，看它像不像风中的我。

她不明白我的意思，我没有解释。

电话响了，是韩的，肖抱着电话在哭泣，我也在哭泣，同样的流泪，不同的心境。

从一开始不过是一场游戏，有爱的，无爱的，又有什么分别，她爱他，他爱我，我爱的人又是谁？

肖不知道，她问我，那个女孩是谁。我问她，重要吗？知道了又能如何。回忆重要还是身边的人重要，辗转无眠，反复思索着韩的话，我不能自已，一直以来，我在努力地寻找着，重要对于我早已没有概念，我要的是需要。

肖安静地睡去了，我悄悄打电话，给韩。

[0 / 8]

"多年以后，奥雷连诺上校站在行刑队面前，准会想起父亲带他去参观冰块的那个遥远的下午。"

无聊地翻着《百年孤独》，我在思索，沉迷着，这样的开始总会让我想起，一句话：许多年以后，湛蓝站在安的面前，仍会想起 13 岁在他怀里吹灭蜡烛的时刻。

延续，延续是一种悲剧，也是一种必然。

我喜欢这个精巧神奇的开场白，在这不动声色的叙述中隐藏着一种深沉的悲凉和无可奈何的宿命感，却又凭借着巧妙的时空交错形成了巨大的悬疑。仿如我的爱情从第一眼间就很明了预兆着我的寂寞，然后我飞速地在寂寞中糜烂着，疯狂与我的孤独在茫然的岁月里就那样平行着，互不抵触，互不干扰。

我再一次在纸上重重地写下，我是一个严重的精神分裂症患者，我是湛蓝，深幻的，清澈的，蓝。

马尔克斯那冷静沉着的笔调描绘出一个魔幻般的拉丁美洲，刻画了那么多形形色色的孤独者，让我在悒郁中又带着一点点讶异，同他们热烈地交谈，慢慢感到幸运和渴望，慢慢感受悲怆和荒凉，在酷烈的悲剧力的撞击下，灵魂战栗不止。

反复思索着我的故事，我的孤独，肖在上铺安静地呼吸着，爱情给她带来的苦恼远远没有周公带给她的吸引大，她还是个单纯的孩子，尽管她已经 18 岁。

应该是快到中秋了，窗外，皎洁的月，站在窗前，俯下身子，从不太高的 6 楼看下去，地面上的东西仍是显得小了很多，莫名的有些冲动，我企图使自己陷入混沌状态，要是从这里跳下去，我会是什么样子，残废？粉身碎骨是不可能的，最好是刚好让我变成植物人，或者失忆。

失忆，有人说其实是一种潜意识的强迫症，我想也是。

钟爱玻璃，不是因为玻璃的透明，而是因为它的易碎。
我幻想着，楼下那个人影是安，于是他真的变成了安，摇摇
欲坠，在风中月下颤抖着，柳荫，柳笛，血红色睡衣，我眼
前的东西开始混乱，不停地旋转，安在楼下招手，湛蓝，我
要走了，真的要走了。

不要，我大叫，瞬即爬上窗台准备跳下去。

湛蓝，你在干吗！一声尖厉的声音划破我的耳膜，然后
身体被拉回床铺，我看到肖眼里的惶恐，她的手冰凉，贴在
我额头，傻瓜，又出现幻觉了，知道你这几天烧得糊涂。

肖惊恐的瞳仁里有个小小的女子，呆滞的，迷茫的，绝
望的，无助的，那是我吗？我怀疑，湛蓝，她应该是叛逆的，
倔强的，坚强的，只是此刻我分明看到她脆弱的身体轻飘飘
地游弋在空气里，任所有坚硬的因子不客气地刈割着，血瞬
间弥漫了视线所及的范围，我再一次游荡在时空隧道里。

我想我是太孤独了，尽管遇到了那么多人，仍然是孤独。

[0 / 9]

夜里，我从梦中惊醒。下意识地摸了一下自己的胳膊和
身体，想起刚才梦中的情景：

　　花瓣轻轻从细腻而平滑的手臂上抚过，渐渐抖落，浮在水面上。又慢慢聚拢，飘飘悠悠，花香也溢满了整个浴室。

　　良久，乳白色的浴缸里冒出一朵血红血红的玫瑰花，花茎老长老长，一直触到天花板，又垂下来，血从花蕊中涌出，流过那莲藕一样的玉臂，浸向身体的每个部位，开始腐烂，化为血水融进浴缸……

　　夜，还是那样沉寂，我却再也睡不着了，她起身走向阳台，看天上的星星，不是因为睡不着，而是为了找回属于自己的那颗星星。

　　我病了，病得很厉害，几乎辨不清身边的所有事物。身体的疼痛和心口的疼痛联合起来折磨着我，我有些思想混乱。

　　节气中的小雪天，按说还没到，可那天的确很冷。我病了，而且病得很厉害。不能动身，不能开口，甚至不能呼吸。似乎看到死神在向自己招手。我能做的也就是让大脑不停地运转，试图找出记忆里一些完整的情节。

　　一个人躺在宿舍里，听着窗外时而响起的欢呼声，肖和她们几个去看烟花了，我只是安静地躺着，想着，颜晓打来电话，说他要有很长一段时间不能来看我，没有问原因，我只是安静地沉默，然后挂掉电话。

　　幽宁说去了一家娱乐场所做推广，也是很久没来了，偶尔来时提起颜晓，她欲言又止，我也没有追问。

　　幽宁爱颜晓，从一开始我就知道，但是我没有推算过他们的故事，因为我没时间考虑。一个女人不在乎一个男人的时候，反而会庆幸有另一个女子纠缠于他，这便是我。

突然，我很想韩东，在这个校园里，假山湖泊，亭台楼阁，到处是浪漫的校园恋情。可是我要的是颓靡，是放纵，是激情，韩的出现无疑满足了我堕落的欲望延伸。

韩东说，湛蓝，我爱你。当时我是哭了。

其实我并不在乎自己为某一个男人流几滴眼泪，甚至为他感动瞬间，那又如何，只能说明我的泪腺发达，我在乎的是我要如何让自己从那一秒钟爱上的安那里学会用一辈子遗忘的痛。

[1 / 0]

那一个冬天，我背叛了肖，和韩在校外租了间房子。

我清楚地记得我告诉肖，韩是个好男人，也清楚地记得肖问我，背叛是什么。

或许我是在背叛另一种感情，我要的就是用身体上的背叛来满足自己感情上的空虚而已，我告诉自己要失踪，逃离颜晓，逃离安，换了手机号，我不和任何人联系。

我说，韩东，我们只是游戏。

游戏的规则是，彼此不能动真情。

CHAPTER

05
流浪的往事

人是人他妈生的，妖是妖他妈生的，
你走到哪里，她也是你的母亲。

····································

你习惯坐在月光下的台阶上，听齐豫的《橄榄树》，
是的，你喜欢流浪，这是每个人都知道的。

可是我总是想提醒你，提醒你记起，
你流浪的身后，那声震耳的呼唤。

安说，湛蓝，我必须告诉你的是，你有一个亲生的母亲，就是……

我安静地吻在他唇上，我知道他是无法想象到我会这样的疯狂，因为他不知道，在很多年以前，我已经知晓太多，只是那时我找不到安，找不到回家的路。

空气开始僵硬，安静，我看他，无言。

我面前摊开着一幅又一幅的人体油画，似曾相识又如此陌生。安叹息，竟是如此的造化。

我说，安，今天是我24岁的生日，告诉我，你要不要我。

他不看我，任酒精混合物一杯接一杯地流进口中，你还小。

我再也无法控制自己，猛然站起身，奋力扯下身上的衣服。安，十年了，这只是你的借口。

他不敢看我，他知道我拥有的是成熟诱人的美丽，这也是我迷茫的，为什么安一直能泰然地对我？24岁的女子，已然长大。

我清楚，带激情的手指是有魔力的，渐渐游走在他的身体，直抵他渴望的深处，他的呼吸渐趋浊重。安又一次握紧她的手，手心淌成一条河，仿如十年前的大街上，他与我的牵手。

那些画开始在空中飘荡，终于惨败地落在角落抽泣。我听见他在迷乱中呓语，晓云。赤裸相对，黑暗中，只剩下最原始的本能，我终于冷笑，我恨她。

谁，他猛然惊醒。

我没有回答，却用滚烫的吻烙在他沧桑而苍老的心上。

云姨，我唯一的亲人，我可怜的母亲，我卑微的母亲，我伟大的母亲，我不知道该如何诉说。

安，我真的恨她。点燃一支烟，我斜斜地靠在床头，安不说话，良久，他说，你都知道了。

那样的女人，你值得爱她吗？

你不知道的事情还很多，湛蓝，云不是你想象的那样，她毕竟是你的亲生母亲，你怎么可以那样说她。

母亲？我冷笑，正是因为她是我的母亲，正是因为她从来不告诉我她是我的母亲，我甚至不知道自己的父亲是谁。

安，我已是破碎，破碎，你知道吗？我有些疯狂。

安疯狂地抱住我，湛蓝，不要这样，对不起，是我对不起你。

我说，安，我要嫁给你。

他不说话，从头上拔了一根发给我，然后离去。

我的泪终于掉下，他用自己的方式提醒彼此，他比我大15岁。我看他的背影，开始蹉跎沉重，他真的老了吗？

这算是拒绝？就因为我的破碎，我冷冷地询问，带着绝望。

他迟疑，没有回头，只是说，湛蓝，你是个好女孩，应该会找到适合你的爱人。继续离去，终于离去。

或许他在乎的不是年龄，而是其他。

我怅然，我会吗？如果安知道我5年里发生的事情，他还会这么说吗？

终究事实就是，我爱上了自己母亲的情人。我又是谁的情人？我的思维又开始混乱，有人说我曾经失忆过很长时间，我努力地记忆着残缺的碎片，那个时候我遇到了谁？

[0 / 2]

翻开两年前的日记，我清楚地辨别出我的字迹：

胭脂仿如泥，层层粘在爱情的破碎缝间，使得爱断不得也合不住。颜晓再见我的时候只有一个表情，苦笑，然后用溺爱的眼神包围我，吐出他那句永远也不变味的暧昧：湛蓝，你是我今生的克星。

天好冷，冷得好像我心里那片空白，我是谁？我喃喃地问自己，湛蓝是我吗？我恍惚地看着颜晓。

天真的很冷，空气中飘杂着硬冷的分子，天晴了，可是很冷。颜晓说，消雪的时候总是比下雪的时候冷。为什么？他摇头，也是不知道。他说我的笑容也很冷，他说女人要有点温柔的笑容，可是我不知道温柔的笑容是什么样子。也许应该是像幽宁那样的笑，不过我总觉得幽宁笑得好脆弱，颜晓和她分手的时候，她就是那样微笑的。

　　其实幽宁很美，她是个很女人的女人，我不知道自己为什么这样说。但是我还是说了，我说的时候，眼睛看着颜晓，灵魂却游离在远古时代。

　　湛蓝是谁？我又回到了现实中，目光定格在颜晓英俊的脸上。他身上有种熟悉的气息，很多年以前的气息，可是我们相识的时间仅仅只有六个小时。颜晓没有回答我的问题，他紧紧地搂着我，仿佛一个人自言自语，湛蓝，我们回家。

　　在我认识颜晓六个小时后，我跟着他回家了。我想我是糊涂的，但是我又是清醒的，尽管我不知道为什么，可能是因为感觉。

　　我是一个流浪的女人，我有一张证明我身份的证件，上面的女人有些像我，名字是湛蓝，但是我确信那是我，虽然我没有那个女人的往事。

　　……

　　很短，后面的是泪水模糊的墨迹，看不清楚。

　　我有些头疼，这是我写的小说还是什么，颜晓怎么可能和幽宁在一起，而我，我怎么会说和他认识六个小时就和他回家，天，我到底曾经发生过什么事。

　　飞快地连着翻了几页，我终于看到了我想知道的答案。

　　还是整齐的文字，不整齐的思绪，蓝色圆珠笔留下的字迹，后面几句重重地用红色圈了起来，那是幽宁写下的东西：

　　湛蓝的日记是写给我看的，她的失忆也是做给我看的，湛蓝的心情我应该是理解的，像对安一样，我对颜晓的爱也是一眼间即触，却无法接近。

也许我该离去，也许我真的错了，即使得到了又能如何，湛蓝不明白，颜晓和我在一起也只是寂寞，我们这样的人永远只是寂寞。

我要离去，还湛蓝一个记忆，她原本就是应该拥有的，还给她。

我的泪终于流下，原来幽宁的离去是因为我，原来这一切都是一个骗局，我以为骗了她，却不知道被她骗了。

[0 / 3]

她斜斜地躺在颜啸林的怀里，那是我最后一眼看到她，我克制不住地跑上去，冲她就是一巴掌，你真的不要脸，你觉得这样对得起颜晓吗？

她的嘴角慢慢溢出血，却带着笑意，湛蓝，你是在为颜晓抱不平，还是在为你自己失去一个靠山愤怒啊。五十步笑百步，我们互不干涉。

你，我没有话说了，回头看颜晓的爸爸，他低着头，不看我，在这样的时候，这就是一个男人，老男人做出的沉默。

我无语，只是突然低了声音，幽宁，我们毕竟是朋友，放了他，毕竟颜晓已经是你男朋友了。

哈哈，湛蓝，你真幼稚，颜晓算什么，更何况，他爱的人是你，是你。幽宁在咆哮，却是冷静的咆哮。

我的朋友，我的情人，我男朋友的爸爸，我男朋友的女朋友。多么复杂的关系，我知道自己已经崩溃了，我跑了出去，听见后面有一句更让我心碎的话就是，湛蓝，我其实一直喜欢的人是晓云。那是一个浑厚的男人嗓音，我没有回头，只是疯狂奔跑。既然已经发生，何必又做解释。

情何以堪，心何以堪。

对于我的智商，我从来保持怀疑，可是我的感觉又的确是很准确的，直到这一刻，我方知道，为什么在第一次听到颜晓的爸爸询问时，我会在那深刻的迷茫中感受到愧疚和伤感，那是他对云姨的愧疚和伤感。我终于捕捉到了他卖力帮助我的理由。不是为了颜晓，而是为了自己，为了自己当年犯过的错，为了对自己内心伤痕的弥补。轮回，莫非这就是轮回。

轮回的概念在我这里被解释成，身体在爱情与伦理之间反复纠缠，到最后仍是脱不掉注定的沉沦，玻璃掉在地上的时候势必是发出清脆的响声，而心痛也是在那一刻揪如游丝，玻璃与心，前世根本就出自一家，易碎的物体。

苍茫的夜色里，我褪下身上一件件衣物，柔软地贴在玻璃上，彻骨的冰冷，我圆睁着双眼，空寂的光芒想要寻找着一些东西，聆听着许茹芸一首又一首空灵的声音在夜空穿梭的歌曲，我想象着这个猫一样的女子，然后敏感的心一点点融进这孤独的夜色。

我终是无法逃脱自己的宿命，一个堕落到连堕落也厌倦的女子。安一直不知道，在我 20 岁的时候，我玩了一个多么荒唐而又执着的游戏。

[0 / 4]

深夜的时候，我听到电话疯狂地响起，我不接，足足响了半个小时后，终于沉寂了，我拿起电话，安的十个未接来电。

突然不想听他说什么，突然不知道自己想要什么，因为安发来短信，他说，云姨，不，是我的母亲，其实早已离去，这个离去不是我怨恨的抛弃，而是离开这个让她一生抬不起头的世界。我没有哭泣，甚至眼睛痛得流不出泪，也许我早已想到过，因为从小到大，她确实是那么爱过我，怎么可能就那样离去我。

我是个冷血动物，也许。

云姨还在的时候，请原谅我还是如此称呼她，因为称谓是无法一下子改变过来的，更何况我现在回忆的事情还不能让我以一个女儿的姿态去诉说。

他比我大 15 岁，我一直仍然坚持叫他，安哥哥。

对此，云姨颇有微词，他却总是微笑地应允我的称呼，甚至对于我的这样亲近而乐于开怀。

那年冬天，他，云姨，我。三个人围着火炉取暖，很安静，只有云姨时不时的咳嗽声刺耳。我习惯性抬头，看云姨苍白的脸，没有说话，只是安静地递上一杯梨膏汁。云姨惊讶又浅浅地笑，她总是和我如此小心翼翼，试探性地对我询问，湛蓝，你喜欢和安叔叔在一起生活吗？

印象中我不假思索，喜欢。顿了一下，又重重地强调，是安哥哥。

他总是那样握住我凉凉的小手，放在他宽大的掌心，笑声在火苗中燃烧。没有人看见云姨的脸越来越难看，尽管声音依然甜腻。安，看来你和湛蓝很投缘，她以前从不让人接近自己，包括对我，也不说喜欢。

他揽住云姨的腰，两个人的身体紧紧地相依。我冷冷地看着两个人彼此会心的眼神，听他温存细语，云，我们结婚吧。

没有给云姨回答的机会，我也不知道自己怎么了，只觉得听到那句话时心里空荡荡的，仿佛要失去什么东西，我猛地将云姨从他怀里推开。我不要。然后，漠然回房。

听见他急促地唤着云姨的名字，听见白色药丸在地上翻滚的声音，我不理会，只是靠着房门脆弱地期待着，终于我听见砰的关门声时，冲出房门，却只看见满地的空药瓶。

屋子里，是煤球偶尔发出的爆裂声，在静寂的屋子里格

[0 / 5]

云姨住院了，听他说昏迷中一直唤着我的名字。我只是笑，冷冷的，依旧蜗居房间不去医院。他冲着我大吼，湛蓝，你怎么能这么不懂事。我还是不说话，只是安静地睁着眼睛看他，用穿透心扉的力量告诉他，我不会去的。

我的眼睛一向会说话，我知道他明白，因为我看到他眼里的失望，他对我的失望。

除夕，他去接云姨出院，没有和我打招呼，只是说，湛蓝，希望我们能过一个开心的春节，三个小时后，他回来了，一个人，满脸泪痕。

我没有说话，他看到我还是那么安静的时候，突然像狮子一样地发狂，你到底多大了，你怎么会这样冷血呢。

这是我第一次听到一个人说我冷血，是我爱的人，我像个旁观者看他在那里又叫又跳的，半个小时后，他累了，瘫在沙发上，我安静地为他冲了一杯茶。

在他散落在地上的信笺上，我看到云姨淡淡的留言。

安：

把湛蓝托付给你，我可以放心了。湛蓝对你的依赖，我也很欣慰。一直担心，她这样自闭下去的结果。现在，有了你，我可以放心地走了。

我不语，心里翻江倒海地恨，走了，她还是抛弃了自己。借口，完美的借口，就这样抛弃了她，也抛弃了他。我说，她不过是在骗取我的眼泪罢了，我一直是这样的冷静孤僻。

我看他，看他眼里的困惑，随后钟声响起，我说，安哥哥，我14岁了。

他的脸上诧异，我知道他肯定在怀疑我竟如此镇静，仿佛竟不曾发生过什么事。他从包里拿出一盒录音带，湛蓝，这是云给你的留言。

我接过粗糙的录音带，很轻易地扔进火炉。看淡蓝色的火苗辉映他伤楚的讶和她冷漠的寂。

安，我开始直呼他的名字。我只是一个被所有人抛弃的孤儿，我知道，只有你不会抛弃我的。说完，灿烂地笑。

他困惑而惶恐的眼神告诉我他不敢想象我会如此从容镇静，他的脸上浮起了重重的愁，湛蓝，你还小，怎么会。

面对他的困惑，我打断他的话。安，我要嫁给你。

往事就是这样，总会不经意地刺伤人，然后不经意地让人改变自己的做法。你说，天要下雨，娘要嫁人，随便。

我给安回短信，也许我是该问起你和她之间的事情，你从来都没有提起过。

安很快地回复，湛蓝，你想知道什么。

我不知道该说什么，后来我反问他，你难道不想知道我在这五年做了什么吗？

安的回答让我僵硬，他说，一个女孩从18岁到23岁之间，她要经历的就是所要经历的，往事我已不想再提起，对于你，对于我，都太模糊。

原来他一直都不在乎的，他根本不想知道的，我可笑的五年，就是这样的在他眼里淡如水，是他不在乎我的五年，还是他根本不在乎我？

我没有想清楚，然后我固执地非要将自己的伤口袒露，翻开我的日记，打开发黄的日记，有泪，有血，也有麻木。

在扉页上清晰地写着一段很凄美的话：

不是花开的季节，也非花落的时分，却不知道为何会想起如此伤感的举动。彼时，总是一袭白衣或者黑装，然后轻轻地夸张般走到那潭湖水前，散落一地的只是我的梦寐，飘零的总会在刹那让我心碎。花在细如黛画的眉间憔悴。离开的时候是离开了，来的时候也只是来了，我不能说什么，从一开始我就是失败的，一塌糊涂。

[0 / 7]

从一个城市流浪到另一个城市，很多东西已成往事，可是爱依然鲜活，安居然没发现，现在我的手背有一朵血绘的玫瑰，一点点地牵扯着爱恋。我苦笑，自己怎么了，自认识安以来，他有没有发现我身上的任何东西？

06
为将叛逆进行到底

你飞奔在那条荒芜的铁轨上，歇斯底里地怒吼：
生命的历史并不存在。

那是不存在的，没有的。
并没有什么中心。

也没有什么道路，线索……
人们总是相信在那些地方曾经有过怎样一个人，
不，不是那样，什么人也没有。

童年的不幸和痛苦，像在骨头上写字一样深深地镌刻到你的书写中。
那晦暗的写作的源泉，或许就是那个最初的痛苦。
你习惯用堕落的文字来感染周围和你自己，
管他全世界的新新人类，你根本只是一座冰封的火山。

在和韩东在一起的那段日子，我断绝了和所有人的来往，用肖的话就是，湛蓝，你足足失踪了两个月。

是的，两个月，两个月我一直和韩在一起，直到我的激情全部退落。

他骂我，湛蓝，你会有报应的，我笑，报应是什么，说好的，从一开始我们就是游戏。他又来乞求我，湛蓝，不要离开我，我是真的爱上了你。

看着一个男人跪在自己面前，我也曾有那么瞬间的感动，可是我无法让自己去接受一个如此卑微的男人，我说，韩东，你的摇滚呢，你的强悍呢。他不会明白，我渴望的是他骨子里的叛逆，而他和我在一起后，全部成了温存，我一直知道自己是个很贱的女子，因为我是那么地喜欢主动，而不是被动。

韩东对我，不能说不是真爱，我何曾见过一个摇滚青年会如此细心地照顾一个女子，我知道他的身下曾有过无数的美丽女子，而我之前他的身上却不曾有一个女子的印记，只是在和我缠绵了三日三夜后，他出门三个小时。回来后我看到他胸前赫然刺着"湛蓝我心"。眼泪在眼眶里打转，却始终不肯掉下来，感动和感情常常让我混淆在一起。

他不说话，穿着那条膝盖上满是破洞的牛仔裤，掂起角落里那把破旧的木吉他，斜靠在门框上，对着我，眼里满是

　　　空白的苍茫：

　　　　　这个美丽的迷情的世界
　　　　　我用最纯洁的无知和最原始的欲望爱你

　　　　　因你的孤独脆弱
　　　　　因你的混乱与不知所措
　　　　　因你的自私痛苦堕落和放荡彻底

　　　　　我要狠狠地爱你……

　　韩东的呐喊带着撕裂的心碎，深沉，我不懂摇滚音乐，或者说我感受不到它的灵魂所在，我只是聆听，然后在最后一声崩溃时，弦断了，血从他的手指滑下。

　　熟悉的童年，熟悉的少年，熟悉的血腥，让我不可抑制地瘫软，终于瘫软，仿佛游离在黎明与黑夜之间那段不相接的时段，伸手不知道自己想要留住还是抓住，是索取还是抛弃。韩是个腼腆而又叛逆的孩子，他只是个孩子，不知道为什么我总是这样想，也许因为他眼里偶尔闪烁的脆弱和空白，也许因为他对摇滚和爱情的执着。

　　我曾问他，为什么要放弃肖。

　　他反问我，为什么你不爱我。

　　我没有话说，爱与不爱就是如此，世事变换，我无法选择爱，同样也选择不了被爱。

[0 / 2]

韩很疼惜我，其实恍惚的有一刹那我也以为自己爱上了他，我们彼此承诺着做爱，彼此伤害着承诺，我不知道自己是害怕拥有还是害怕失去，只是我在让自己投入的时候无法沉浸。

为了逃避，我开始写字。我不能容忍自己一刹那的动摇。我只属于安，只能属于安。我可以把身体给了别人，但心却留着给他。我依旧还是在昏暗的灯光下努力地用廉价的笔写着无价的文字，尽管我一直不是一个贫穷的人，尽管韩也说，湛蓝，我给你买台电脑吧。

我回头看他，微笑，也许有些不屑，韩，你知道有些时候精神上的东西不是物质所能改变的。

他不能明白我的话，尽管他渴求的也是一种理想的东西。

我继续，我写字需要的是一种状态，一种贫瘠的状态，我喜欢黑暗，所以我也喜欢这样用手一个字一个字地写出来，在黑暗中写出黑暗的心情。我也知道这样很累，但是只有手写的才是我的心，固然我可以在电脑上一分钟打出很多字，可是那些字很苍白，无力，只是故事，我需要的是记录，记录我的琐碎。

常常是这个时候，他会很安静地看着我，听我说完后，他突然感伤地说，湛蓝，我好害怕自己会失去你。

我问他，为什么会这么想。

韩的话让人费解，他说，因为我发现你开始理智。

那时候我们在一起两个星期了，没有任何预兆，分手的迹象，我还是有些迷恋他爱我的方式。黄昏的时候，他抱着吉他在那里轻轻地吼，声音不大，低沉的。

韩说，这是一种垃圾音乐，但是他深爱着，因为没有任何一种声音让他能如此淋漓尽致地发挥，他需要理想的怒吼。没有告诉他，其实我也喜欢，喜欢那种纯粹的绝望，糜烂的旋律，堕落，颓废，所有沉沦的词语都不能说出我的感受。

只是喜欢，身心的喜欢。

可是我常常会在他很投入的时候大喊，好难听啊，不要唱了。一直在想，到底让我甘心堕落地和他在一起的原因是什么，也许只是因为那首让人疯狂的《带我离开》。

写着凌乱的文字，趴在凌乱的床上，我是一个如何凌乱的女子。不可否认，和韩在一起的时候我还是有着欲望的，坦率得常常连自己也不敢相信那是我自己，我会在两个人都在安静地做事的时候，很认真地说，韩，我想做爱。

他惊奇地看着我，因为我说得那么直接，一个连做爱都能用如此严肃的语气说出来的女子，不能说不是一个可怕的女子。然后我们都发笑，在笑声中像是完成一种任务，或者更像是一种形式。

我警觉到韩的高潮来临时，突然想恶作剧般地玩弄，在一种运动进行到关键的时刻，我停止了呻吟，停止了放纵，一把推开他。

我说，我不想要了。

他有些恼火，没有理我，继续前行，我大声地喊，我不想要了。

我的膝盖顶在了一个男人致命的地方，听见韩一声惨叫，我冷笑着起身去洗浴，早说我不要了，还来折磨我。

再回来时，看见他猫着身子蜷缩，心里也有些不忍，伸手去动他，即将触到时却听到他有些轻微的埋怨，微恼。并不是很大的一张床，两个人又都故意地不去触碰对方。结果，平时狭窄的空间反而显得冷清宽大。

昏昏沉沉地睡着，不知道多久，被烟味呛到，睁眼，看到韩可怜地坐在地板上，猛抽烟，烟灰缸里满满的，应该是发呆了很长时间，心里隐隐作痛。

所以不再坚强，毕竟是爱自己的人。

起身，像猫一样钻进他怀里，没有说话，他也没有说话，就那样安静地两个人相拥，软在冰凉的地面上，触动着很多心事。那一刻，我仿佛回到安的身边，于是不愿意醒来，这样的温暖，这样的相爱，也是一种理想的状态，只是我写不出来，那一个爱字，并不是如此短暂的感动。

维持这种似是而非的状态两个月后，韩说，湛蓝，我需要出去演出，我不能离开乐队存活。

我笑，我从来没有制止过你做什么啊，你去吧。

韩说，你误会我的意思了，我是说我现在有呐喊的灵感和冲动。

韩说他要出去三天，我没有说话，我没有告诉他，也许三天对我而言，是一种很大的变化。的确，三天，三天我让自己只是昏睡，其间我给颜晓打过一次电话，他焦急地问我，现在在哪里，说他有急事找我。

我淡淡地说，在外地，然后说有什么事等我回来再说，不等他说完就挂掉电话。听见他提到幽宁的名字，但是没有说出来结果。我就给幽宁打电话，很奇怪，竟然是停机，因为她说过，她是不会停机的，心里有一点点的烦躁。还是没有表现出来，继续昏睡。

韩回来的时候，我刚挂掉肖的电话，她在电话里和我说，湛蓝，你失踪到哪里去了，我好想你，我好需要你给我解答。她一直在哭，她说韩走了，据说是和那个女孩子走的，她问我该怎么办。

我说，肖，不到最后，你都不要认为自己得不到。

那个时候，我知道，总有一天我会在现在的生活里退却。

[0 / 3]

　　韩回来了，还是一身乞丐样的衣服，吉他斜斜地提在手中，那种浓浓的流浪摇滚歌手的气质在他身上充分体现，他说，湛蓝，我好想你。

　　三天，只是三天而已，我突然有些厌恶。

　　我冷冷地躲开他的拥抱，然后说，滚。多么简洁的字，他愣在那里，我看到寒气一阵阵笼罩房间，我不看他的眼睛，还是冰冷，韩，不要碰我。

　　他说，湛蓝，你真的不爱我了吗？

　　窗外是黑色的天，黑色的景，我不看他。也许我们从来没有爱过，爱的只是寂寞。

　　韩的房间简陋而明亮，我说不喜欢，我告诉他我喜欢所有黑暗的东西，那时我们刚认识。我是交叉着双臂高姿态地俯视着他的房间，这是一个缺乏女人气息的地方。墙上贴有大而脏的明星相片、画、一些媒体对他的报道，其实韩在摇滚圈的确是个很有影响的乐手。墙角落是一把陪伴了他三年的木吉他、书籍、艺术杂志、乐队演出的线、唱片等等零散地堆放在房间里的任何一个角落。

　　韩说他懒得去收拾它们，也懒得去收拾很多东西。他说，湛蓝，你不喜欢，我马上去收拾。

　　我想就让它们这样一直凌乱下去吧，就像我的爱情，或者我是喜欢凌乱的。他不知道，所有阴暗的、混乱的其实就是我追求的。我总是在朋友们面前将自己伪装得很阳光的样子，包括在韩面前，然而我的泪水又总是在某个不为人知的夜里或是黑暗中莫名其妙地涌现。我不知道我的这种脆弱是灵魂本性里的一种先天的自觉还是出于后天的一种对生活的绝望，我也不想知道。是已沉寂在久沉的岁月中还是流失在心灵的伤痕里？是手臂上刺下的那朵血色的玫瑰还是其他？

韩终于不再询问，只是安静，安静得让我觉得有些害怕，甚至有一瞬间我在想象韩会不会突然拿起手边的琴冲着我头砸下，当时这只是我的幻觉。

韩是爱我的，正如他所说的，湛蓝，也许你爱上的是寂寞，而我不是，我爱上的是你。

还是结束，就这样结束，来得快也去得快。

[0 / 4]

夜里，我又开始失眠，一直以来很不习惯自己的这个习惯，就是不管在哪里都会有个适应的过程，我想我是很长时间没有住过宿舍的原因了。

我翻身的声音影响了肖，她蹑手蹑脚地下来，湛蓝，你在想什么？

　　我没有说话，她也习惯了我的沉默，两个人都不再吭声。这个九月的天空很阴沉。我用红色的笔在日历里九月的末期画上重重的叉痕。我一直在幻想，这个九月会是多么的幸福。可是当九月就快结束的时候，我看到的依然只是绝望。虚幻的情感在这个并不炎热的九月开始溃烂。我知道我的命运是破碎的，只能一如既往地腐败。生命的花儿来不及开放就枯萎成欲望的碎片。

　　肖说，湛蓝，是不是人经历过一点事情就会变得宽容？

　　夜继续蔓延，我依旧不说话。她的声音在悄悄地刺痛我的心，湛蓝，我找到韩了，他告诉我他已经不再爱了，但是他以后会好好地对我。

　　肖已睡去，咸咸的液体渗透我的肌肤，我能感受到它浓重的味道滑过喉咙时的涩，肖给我看韩写的日记，让我分析韩爱上的那个女子。

　　可以想象得出我是如何地挤出那丝微笑，肖不知道，韩口中那个深爱的破碎的女子就是我，那个堕落到连堕落都厌倦的湛蓝。

　　许巍唱：就在我进入的瞬间，我真想死在你怀里……

　　韩喜欢在激情过后静静地躺在我怀里轻轻地吮吸我，他说，很小很小的时候，自己躺在母亲的怀里也一直是那样的，那样让他安静。

　　他不知道我没有那样的体会，我有的只是看花枝招展的云姨萦绕在男人群里的妩媚，而我就吮吸着自己的手指冷冷地等待着……也许我们是有激情的，只是连我自己也能感觉出来自己的呻吟那么虚假、那么牵强，也许我是太过于懒散了。

我已经厌倦，从一开始学会成长，要求丰富的时候，所有人对我的索取我都只是迁就，一个只是在不停拿自己做赌注的女子，我不知道自己要什么。

[0 / 5]

轻轻走出宿舍，坐在楼下的台阶下，然后点上烟，在昏暗的路灯下静静地读韩的日记。黄色的灯光倒映着我的影子，地下散满我的发丝。我的身体陷入彻底的黑暗。冰凉的液体顺着我的脸颊悄无声息滑落。他说：他不止一次地告诫自己，对于这样的女孩子他应该学会放弃。

韩的文字很沉重，沉重得让我感到愧疚，即使在分手那一刻我也没有如此哭泣，此时，我却哭得一塌糊涂，泪水只是粉碎。

他说：

我一直都不敢相信，我会爱上这个破碎的女孩子。

爱上一个将贞操做了毫无意义的赌注的人。我总在强烈地告诉自己不要去在意一个人的过去，可是又有哪个男孩子能够真正地做到呢？更何况对于我这样一个世俗的人。或许是因为她的过去我知道得不够彻底吧，所以我总是怀疑，总是不自觉地去猜测。就像我也怀疑自己一样，我一直没有得到过我想要的爱情。从高二开始的连手都没碰过的初恋，到后来大学里单恋的女孩子，以及纯粹游戏的一夜情。

我将我的贞操给了一个疯子样的女人。只是我并没有得到我想要的快感。在遇到她之前，我只算经历过一个女人。而且是一些纯麻木而欲望的付出。不知怎么搞的，很早我就不相信爱情了。

我曾抱着《圣经》苦苦读了三个月，我以为我会有某种解脱，我以为我会过上哲学般的生活，我以为我真的能成佛。可是我太傻了。我连一点快乐都没有。每天过着麻木的生活，走过一条又一条的城市小巷，莫名地站在街边发呆，独自一人在江边看着远方的空寂抽烟，偶尔换上球衣去大学球场踢足球。我并不想得到什么，我只是无法停止。

两年的时间没有回家，可我并不想家。

这个春节我或许依然独自一人躲在城市的角落哭泣。我曾幻想的爱情，我曾幻想的理想与自由，它们像烟花一样带给我绚丽的溃烂。抚摸着彼此的肌肤，做了三次爱，可我依然感觉不到什么的存在。我的灵魂只给自己，我的快乐埋藏在了童年在农田里奔跑的汗水中。我一无所有。除了爱。

在酒吧里，我一支一支地分烂烟给她抽。我想让她看到燃烧，我想让她看到我的青春其实已经熄灭，我想告诉她其实我真的很爱她。从酒吧出来已是夜里十二点多了，天气变得阴冷。我感觉青春开始溃败，她蜷缩着身子紧紧地跟在我的旁边。我们在霓虹灰暗的街道上一直走。路过花市，鲜艳的玫瑰散发着让我窒息的气息。

我一直不太喜欢玫瑰花，就像我一直讨厌那些张扬的爱情。红色的液体挣扎着刺眼的幸福，虚假的暧昧沾染着浪漫的言语。她总是莫名地生气，让我无所适从。

在公园的时候，被人抓拍了我们的合影，凝固的微笑的时刻。她站在秋千的前面，而我在后面。

我们像两条平行线一样，等待着交融的一刻。瞬间我甚至矛盾得想娶回她。我知道婚姻对于我还是那么遥远。我在很多人的眼中还只不过是一个小孩子而已，有着腼腆而羞涩的笑。后来她依偎着我的身体，我带她回家。抚摸着她被夜风吹得有些干涩的脸，她的脆弱在瞬间被柔情融化。

所有所有的朋友都在醉意中微笑着告别。在学校东门，我们在夜色中拥抱。我感到了她身体的颤动。五个人坐在夜市一个小酒桌子上，她看着她为爱情在手臂上刺下的那朵鲜花，痛得蹲下身子。

我知道那一刻，我是多余而无助的。

她在缅怀她的过去。而我不经意的一句"有些东西印在心里已经足够了，还要印在手上"再次让她的眼泪不由自主地涌现。

我开始感觉其实我一直走在她的世界的边缘，我无法真正地融入她。我抚摸不了她那些伤痛留下的疤痕。

韩的文字很冷，也很真实，而这些他从来没有和我说过，他的往事，他的家庭。我所了解的也许只是在他干净的面容下一张愤怒的微笑。愤怒的微笑。很多人会为了我的这句话而迷茫，包括我自己，渐渐地，我还是沉睡。

[0 / 6]

我看见，我的身体里那些蝴蝶粉碎后的血肉模糊的样子四处飞散，小时候那个巷子口的白胡子老头，他笑着说，孩子，我说过的，你始终逃不掉的。

不得了？了不得？

我在电话里给肖说，请你原谅，我无法原谅自己。

肖不知道我在说什么，她似乎正在昏睡中，含含糊糊地应着，湛蓝，有什么明天再说，好累。

肖也许会在梦里看到自己和心爱的人牵着手甜蜜畅想，也许会在梦里听见韩对她说，愿意为她遗忘。也许只是也许，对于我，并不重要，我所做的只是赎罪，而蝴蝶飞过，闪动的唯有记忆，晶亮的那滴绝对不会是我的眼泪。我不想知道她能够理解，我能寻找的就是一个人的行走。

忏悔只是心底的留恋，我不会徘徊，我只是退出。静静地看着肖的爱情如何灿烂，我不会忘记，在我曾经的路上有一张单纯俏丽的脸依赖着我，有一把古老的吉他始终在为我歌唱，只是离去，不再想起。

　　有人说：在很远的南方，曾看到安的身影。我淡淡地笑着，寻找？还是等待？选择被我延续在一枚两边都是国徽的硬币上，我说，如果是字我就去寻找。

　　答案可想而知，但是我还是离开了西安，走的那天，西安很冷，冷得彻骨，没有人送我，只是在列车长啸的时候，我看到颜晓拼命地追了上来，站台的远处，幽宁白色的大衣在风中飘着，看不清她的脸，能感觉到的只有寒意。

　　列车行驶到华山的时候，看着陡峭的山，我渐渐眩晕，然后在隧道里我看到红与黑的完美结合。

CHAPTER

07
昏厥的狐狸精

你说自己的心早已经浸泡在酒精里了，
不管是毒药还是香水，
都是别人的故事。

....

你不停地用操字来释放你的愤怒，
但是你永远不是愤青，你是个魔鬼。
杜拉斯说：写作是自杀性的，是可怕的。
我狠狠地对着那些港台明星的宣传画吐了一口，
用了句她最经典的话：如果我不是一个作家，一定是个妓女。

[0 / 1]

　　已经多少天是这样通宵不眠了，我也记不清楚，地上到处是烟头，不用看镜子，可以想象得出我是如何的狼狈。

　　安说，我的文字是只读给自己看的。

　　一个用绝望来演绎爱情的女子，我要的就是极端，爱与不爱，都是近乎崩溃的。有人说，湛蓝的文字太不冷静，所有的东西都是用疯狂来诉说的。抚过我的身体，我感觉到很深的是孤独，无法让自己这样没有正常思绪地写下去，我感到头欲炸，像裂开。黑暗中有人说话，还是那个熟悉的声音，湛蓝，时间不是用来遗忘的，它在你的字典里是渗透。

　　你是谁，是谁，我大声地喊。

　　然后我听见幽幽的叹息，眼前掠过浮云样的画面：

　　年少的夜里，常被安幽幽的笛声扰醒，趴在窗台看他嚼着柳叶发出伤感优美的旋律。我不懂音律，却亦隐约听出他略淡的惆怅，想起云姨的那张画，那双栖柳荫的恋人，悄悄走到他身后，踮着脚吻他脸上的薄雾。他幽叹，揽我入怀：你还小。

　　我可爱而羞涩地笑，等我长大，嫁给你。

　　一长就是十年。

[0 / 2]

十年可以证实许多，也足以改变许多。夜里再听他凄美的柳笛声，我静静地蜷缩在床上，看见自己那样缠绵地写着厚厚的他，他走进来，看到我失神的样子，照旧揽我入怀。半晌，起身，傻丫头。

我不敢说话，甚至不敢呼吸，因为任何一个动作都有可能促使泪水滑下，我不愿让他看见自己的泪水，却很想他能看见自己的苦水，一个女子能有几个如水十年，而我，爱了他十年。

安从来不问我的过去，他从来不问我他不在的那几年我发生了什么事，我不说，我也不问他离开我的那几年发生了什么事，他也不说。

我们之间有五年的空白，而五年，是一个多么漫长的时间。

我不说并不能代表我忘记，既然没有忘记我就学会了用另一种方式来叙述，就是记录，用滴血的心轻轻画个圈，自己在圈里跳舞。

[0 / 3]

除夕，烟花璀璨地在天空爆响，虽然美丽，却短暂。我方知一个人在异乡的凄凉。告诉自己，孤独时也不要哭泣，但泪，终于滑下。

传来凄美的歌声：给我一刹那，对你宠爱，给我一辈子，送你离开，等不到天亮，美梦醒来我们都自由自在。

从来不知道幽宁可以将王菲的歌唱得如此动情，我问她，你怎么了？

她说，湛蓝，我爱颜晓。爱他，你知道吗？

我知道，幽宁，你什么也别说了。

她继续，湛蓝，你不在的日子里，我和他是开心的，我们也会有触电的感觉。可是快乐是短暂的，因为他的心还是在你那里。

可是你不在的时间越来越长，颜的脸上几乎找不到微笑的痕迹。我知道了那首王菲的歌——《蝴蝶》，很空洞的一个爱情童话。

木兰花的清香醉了空气中惆怅的分子，我告诉自己，爱是幸福的，即使是孤独的爱。

幽宁，别说了。我打断她的话，她的话准确无误地刺激着我的神经，幽宁已经是一个有着完美成熟女人气息的女子了，微微的大卷发，褐色的蓬松在肩上。妖精的香味浓浓地充斥在整个房间。

幽宁并没有理会我，她像是中魔了一样只是呆呆地说话：颜醉了，醉得一塌糊涂。我把他带回我的房子，他不停地说话，我静静地听。

我在颜的怀里汲取着温暖，他醉后的主题却是你的妩媚。其实他早知道，你不会因为他而改变，而他即使放弃自己仍然不能留住你。

幽宁，我……

她不给我说话的机会，然后拈起兰花指，让我想起老上海的舞女。事实上，她现在的确是在一家娱乐场所上班，名义上是领班。

她说，湛蓝，我现在是吴的情人，他对我很好。吴是向日葵的老总，他有很多情人，向日葵是一家演艺酒吧，也就是她上班的地方。

幽宁带我去那个酒吧，我一下子喜欢上了那个地方，有那么一段时间我开始昼伏夜出地流连其间。

向日葵，多么可爱的名字，我问过吴，一个低调的地方用如此一个阳光的招牌，合适吗？他笑着看着远方，很多东西是用低调来诠释的，但是它最终也许并不仅仅是低调。

我没有听懂，但是我喜欢向日葵，灿烂的是我所不能追求的，所以我只有沉默地喜欢。

[0 / 4]

白色铺天盖地地笼罩城市的时候，我正拈着白色的 520

静静地伏在吧台上品着"白色逃亡"，那是吴让调酒师专门为我调制的。他说我苍白而颓靡的妖冶和着纤细修长的烟雾，是对这杯酒最好的释义。

幽宁夹杂着雪花飘了进来，酒吧里顿时多了一股冷空气。她身上还有美丽的雪花，洁白的还不曾融化的晶莹。

幽宁是美丽的，所有的人都这么说，第一次看见她时，吴却神秘地对她说，宝贝，你将是个有钱的女人。然后不等她明白过来，他就莫名其妙地大笑，拉着她跌进疯狂的DISCO。这是吴告诉我他们相识的经过。

白色飘摇在碧绿的香槟上，没有那种我所钟爱的殷红，幽宁要了半打百威，我只是玩弄着手中的高脚杯，不和她说话，也不看她。吴经常说我这个人很残酷，对任何人的事情都很漠然，我没有告诉他，是我的热情已燃尽。幽宁喝到第三瓶的时候，我抢下了她手里的酒瓶，然后一口气喝干。

湛蓝，我该怎么办？她绝望的眼神让我心痛，可是我却不知道该说些什么。音乐很疯狂也很孤独，年轻的DJ用嘶哑的声音卖力地喧哗着场内的气氛，我能做的就是把她紧紧地抱在怀里，借给她一个瘦削的肩膀，任她轻声地抽泣。

幽宁说，我已经让自己学会了遗忘。

我清楚，她是一个很能让自己适应各种场合、各种爱情的人，她如果说了遗忘，她会的。所以她很快迷恋上了卢洋，一个跑场子的歌手。

我一边忙碌着自己侈靡的生活一边画出一颗心然后再打

上叉，幽宁，你确定自己真的爱上他了吗？

她不回答，只是说，好好待颜晓。就跳进混乱的人群里。

我的生活基本很简单，每天回家面对着颜晓殷勤的爱抚，我的身体始终冰凉。

幽宁的生活却不再简单。向日葵的生意因为卢洋的存在似乎好了许多，幽宁每天像只蝴蝶穿梭在人群里，真的像棵向日葵四处灿烂，甚至忙到没时间和我聊天。卢洋是个其貌不扬的歌手，他是个擅长情歌的歌手。

有的时候我会想，不就是一个唱情歌的男人，怎么会有那么大的吸引力，但是他确实迷住过很多女人，成熟的，纯情的。

我没有想到的是，幽宁竟然真的迷恋上了他。

她说，湛蓝，我要离开向日葵。

她打电话的时候，颜晓的手在我身上细细地挪动着，不需要任何技巧，他有的只是热情。

幽宁说，湛蓝，我很累，我只是想跟着一个适合流浪的人走。

颜晓发出了一声低沉的喘息，我瞥了他一眼，他的脸通红通红，手在我的下腹不停地旋转，眼里是欲望的压抑。

我说，幽宁，那颜晓呢，你不爱他了吗？

颜晓的手微微一抖，身体顿时静止在那里。

幽宁最后一句话是，湛蓝，我们是同类。然后挂掉电话，我哈哈大笑，同类，笑得眼泪也快出来的时候，我用力地咬着颜晓的肩，看到他疼得号叫，我开始满足。

颜，不要停止，不要离开我的身体，我需要你。突然间，我疯狂地需要，索求，我看到安的惊讶，看到幽宁的背影，看到云姨的眼泪。

眼泪不是用来哭泣的，不知道这是谁给我说的，他说，眼泪是用来发泄的。

我没有眼泪，我只有发泄。

我说，颜晓，我是一个肮脏的女人，我需要不停地换着身边的男人，让那些肮脏的因子在身体里游动，我是个没有感情的女人。我不知道什么叫爱情，你选择和我在一起，就代表着你只是我一个唯一天亮不分手的伙伴。

颜晓孩子样地在我怀里哭泣，他问我，为什么，为什么我做了这么多还是不能拥有你的爱。

[0 / 5]

生活一直以单调而绝望的姿态流浪着，我像蜕壳多次的动物，身体变得麻木和透明。没有人知道我的爱情曾经多么执着，甚至激烈。只是当流星过后，我才发现我的愿望只是一粒黑色的玻璃球，根本不堪一击。

幽宁走后，我更寂寞了，我无法一个人面对深夜刺骨的寒冷，我把身体融化成温和而颤抖的潮水，淹灭一个又一个男人。一个人的时候，我看着手腕上紫蓝色的脉管，吮吸着血腥的紫蓝味道入睡。

吴说，湛蓝，你真的是一个残酷的人。

我发问，你确定在自己那么多的情人里面，你是最爱幽宁的吗？

他点头。

也许，你会和颜晓相爱的。幽宁临走时，我告诉她。

[0 / 6]

又是除夕，安离开我已经三年，一个人默默地听着《当刺猬爱上玫瑰》，眼泪不知不觉地滑落，明知没有希望的我习惯性拨通了安的手机，电话里传来甜甜的声音：你所拨叫的用户已转入移动秘书……我挂掉电话，任寂寞游走在我的脉络神经。

幽宁说，湛蓝，我回来了，你来接我。我说，好，你在那里等我，我要给你一个美丽的除夕夜。

我打电话给颜晓，颜，我在车站，你来。

然后我拨通吴的电话，精心地把自己描了又描，穿上我最爱的白色风衣。临走时，我看见我的妖艳和寂寞在除夕的爆竹中显得格格不入。

我再一次不抱希望地给安留言：我爱你！然后关机。

吴醉了，他看着我，嘴里唤着幽宁的名字，我妩媚地在曼妙的音乐中褪下一件件裹在我身上的遮盖。我性感又动人地挑逗着吴，我知道我寂寞。

当吴沉重的气息和我娇嗔的呻吟一起跳跃时，我看到了安的凝视，深深地凝视，然后转身离去的背影，我最后一声绝望掺杂着吴恣意的潮水迎来了新年的钟声。

［０／７］

那一天，我22岁，看到颜晓和幽宁躺在我的床上，我安静地说，颜，我们分手。

情人节那天，满大街的玫瑰叫卖，十五块钱一朵，我在向日葵肆意地扭动着身子，有个外国佬冲着我竖起大拇指，直说OK。

晚上我在吴的怀里发横，我跳得比领舞小姐跳得好。

妖娆在高高的舞台上，扭动如蛇样的细腰，不记得是谁说过，就是喜欢细腰的女子。台下的人随着我的煽情妖艳逐渐增多，口哨声、尖叫声，我满意地看着自己招摇的样子，在别人的眼里，在自己的心里。

深夜的时候，开始记录，记录自己像一只可怜的刺猬，只是血淋淋地被拔掉一根一根的刺，然后孤零零地流浪着。伸出手抓不住纷纷落下的烟灰，已经不知道是第几支烟在我喉咙里辗转徘徊了，疼痛，是难免的，或者，已经麻木。

习惯了在黑暗中赤裸着身子，然后点燃烟，星星点点的，看窗外零落的人，从高处看下去，像蚂蚁在蠕动，我想，要是挂在月上，城市也许是千疮百孔的蚁洞。想象着自己挂在峭壁上，就那样悬着，不动，只是悬着。天空在夜色里是一块宝蓝色的绒布，上面挂满了亮闪闪的晶片，像我舞动身躯时那摇摇欲坠的演出服。还是飞翔，沉睡，迷茫着，也许很多东西留下的痕迹能够划开一整片天的。

湛蓝湛蓝的海底，是珊瑚还是化石？

[0 / 8]

夜幕降临的时候，我习惯性地站在窗前，裸着身体从高处看去，远远的，寂寞的人，零落地分散着，像迷失方向的蚂蚁。想到这个比喻的时候我就会拈着手中细长妖冶的香烟，吐着烟圈，想象，如果我此时是飞在天上的话，城市真的会是千疮百孔的蚁洞。

　　夜总是很长，而我也便义无反顾地做着飞翔的梦，结果梦里的我真的挂在峭壁上，悬着，不动，就那样悬着，天空，夜晚的天空像一块宝蓝色的绒布，上面缀满了亮闪闪的晶片，像我水蛇样的身躯披挂着的那件妖娆暴露的演出服。城市的灯火和天空的星星融在一起，我只是沉甸甸地飘荡着，有风不小心溜进来，滑过我的肌肤，留下的痕迹往往是划开我梦中的一整片天。

　　我是习惯着如此飞翔的，任由寂寞在心里像蜿蜒的蚯蚓蠕动，不可抑制地荡漾开来。

　　童年，是对着空气长大的，所有的生活充满着恐惧，不快乐地成长着，好像一棵被放逐到沼泽的小树，只是成长，却丝毫看不到阳光。童年，我便是如此固执的，也许应该说的是四岁以后的童年。生活继续，有一直固执的坚持。冬季的北方小城，污浊的空气，灰蒙蒙的天空，让人心情抑郁骚乱。坐在电脑前，希望烦躁的心能一点点沉静下来。身旁是一面落地玻璃，转过头，能看见窗外如潮水般的行人在眼前涌过。偶尔有陌生的男人给予莫名的微笑，我只是冷漠，有的时候也会想到，这一刻或许应该是快乐的。

　　一种短暂的瞬间状态。

[0 / 9]

我是一直记得的，那一天，我安静地躲在房间里听云姨和另一个同样妩媚的女子的相互咒骂，我不敢看，细节我也不是很清楚了。对于一个只有四岁的孩子，她能做的只是倾听，很多时候，对于我过人的记忆力，我还是惊讶的，毕竟那个时候我才四岁。

我还是记住了。因为一个很敏感的名词，狐狸精。

对于狐狸精的敏感来源于蒲松龄的《聊斋志异》，那时全国正铺天盖地地热播，我并不知道狐狸精其实是个贬义词，我只知道在自己无忧的梦里，狐狸精是一个美丽的女子，有法术，能做自己想做的事情。

我奋不顾身地跑着。在楼道，在田野，又辗转于山中，很拼命。是有人在后面追赶或是我追赶着什么，我一边跑一边思索其中耐人寻味的原因。终于，在我视线可及的距离中出现一个袅袅多姿、轻飘曼舞的女子，只是背影。到此我便突然变成盲人，难以再继续描绘女子的样态。而每每至此，这个梦便告一段落，我只能在醒来那一瞬间回味梦中的恬美。而梦里我肆无忌惮地狂跑所产生的疲惫在醒来时竟也一直持续着。

那便是狐狸精，云姨说，我的掌心以前是有一颗红痣的，我拼命地找，却看不到，她说，她也不知道，在我三岁生日

昏厥的狐狸精

的时候，就突然消失了。

我想，我是通灵的，不然我为什么总是会在黑暗中和空气说话而感到温暖。

女人走后，我移到云姨面前，看她哭泣，我却是木讷地说，云姨，湛蓝饿。

她没有看我，纤细的手指在兜里掏出一张 10 元的纸币，随后紧紧搂着我，继续哭泣，她说，湛蓝，云姨不能没有你。在那个年代，10 元的纸币是何等奢侈，我也很清楚，但是我没有欣喜，因为云姨给予我的一直是优越的物质。

可是我还在思索着，也许我不应该思索这个问题的，作为一个四岁的孩子，我应该考虑的是到底是吃那种方格块的咖啡糖，还是去巷口喝王记胡辣汤，可是我问了一句决定了以后我抑郁到底的话：云姨，那个阿姨为什么说你是狐狸精啊？

云姨略略惊讶地看了我一下，叹了口气，大人的事情，小孩子别问。她蓬乱的头发遮着半个苍白的脸，两只眼睛是漠然的，雪白的牙齿咬着那片血红的下唇，裸露的肩膀上有被捏伤的紫色的痕迹。我将纸币用牙齿叼着，手轻轻抚过她的胳膊，等待着她继续。

她却再也没有说话，我失望，郁郁而走，终究不甘心。

很多年以后，我知道了，好奇心是会把一个人的一生改变的，因为在我即将品尝到胡辣汤的爽口时，我又转身说了一句，长大了我也要做狐狸精。其实我是想说，因为狐狸精的漂亮和善良，那时我对云姨还是有爱的，因为我知道自己是属于垃圾旁的弃儿，是她给了我这么好的环境。可是我忽略了，她也忽略了，孩子和大人的想法是不会一致的。

当一个人的过去不为人知，她可以有安静纯粹的笑容。在人群中天真甜美有如孩童。然而更多的时候，她隐忍而不动声色。常常是被忽略的存在。这是被选择的结果。面对或者逃避。因为在很多年以前，她给了自己伤口的时候，就丧失了所谓选择的权利。

云姨给我的也就是她丧失了让我再去爱她的权利。啪的一声，我傻了，云姨也傻了。

某一时刻开始，我倾尽了全副心力去思念疼痛。想到灵魂抽搐不已。深埋的往事在风中裸露，所有记忆中的片断渐渐清晰。我悲痛欲绝，却没有一滴眼泪。肮脏的纸币还在我口中晃荡着，我品尝到咸咸的血腥味道，却感觉不到冰凉，因为哭泣没有任何意义，我安静地用纸币擦去嘴角的血，竟然笑着说，云姨，湛蓝错了，不乱说话了。

事实上我只是知道自己肯定是说错话了，却不知道到底哪里错了，但我还是乖巧地认错了，只是开始冷漠，再不多言，不会过问她的任何事情，从四岁以后，一直如此。

我看到云姨空白的眼里流下的眼泪。她一直没有意识到，这滴眼泪就是我的一生……我鄙视那滴眼泪，痛恨，直到我的眼睛干涸。可是我又知道我不能恨，因为她是我的恩人，没有她，我甚至连疼痛都不会知道，没有机会体会，我明白地告诉自己，云姨是我的恩人。

　　我的掌心是纵横交错的乱纹，直到云姨最后离去，我也没有看到她所谓的痣在哪里，我只知道看过我手相的人，像是看见瘟神一样落荒而逃，或者我真的不祥。用微笑温顺地回复了云姨后，在她忏悔的怀里我冰冷地计划着，不能想象一个四岁的孩子有了逃离的思想会是如何。

[1 / 0]

　　夜深，我轻轻翻身，对着镜子一件一件找着漂亮的衣服，我在想，也许我会在迷失的路上找到美丽的狐狸精，她带着我一起飞翔，一起翻云，覆雨。我很小心地走出，甚至很细致地冲着云姨的房间跪下磕头，我念叨着，云姨，湛蓝走了，你要帮湛蓝照顾她的小猫，还有她可爱的小刺猬。天知道，我在临走的时候牵挂的竟然是我无辜的小宠物。电视说狐狸精总是出现在比较偏僻的地方，我就一直沿着每个分岔口的小路曲曲折折地摸索着，许多年后，我仍然记得那一天的萧索和破败不堪。可怜的我，终于疲惫不堪倒在了路边的烂草堆里，口中还嘀咕着，狐狸精阿姨，你在哪里啊。

　　梦里我确实找到了，而可笑的居然是她摸着我的额头，冲着我说，湛蓝，你知道孙猴子始终逃不出如来佛的掌心的，你知道我是谁吗？我凝神看去，竟是云姨灿烂的笑容，被惊醒。

原来真的是云姨的手在摸着我的额头，眼里满是泪水，我无辜地转过头去不看她，结果触目的却是穿着白色大褂的一个黑黑瘦瘦的男人，更是讨厌，我干脆闭上眼睛。

就听见那男人很是斩钉截铁地说，这孩子，是严重的梦游。

梦游是什么，我并不知道，可是我知道他是在瞎说，睁开眼睛，我看到他贪婪地看着云姨似乎在她身上寻找着什么。我没有说出他在说谎，因为我不想让云姨知道我在逃跑，结果就注定了一件影响到我以后的事情，或者说冥冥中都是注定的。

云姨问他，怎么样才能让她变得和正常孩子一样，梦游这么厉害，不是一件小事。

他坏坏地笑着，你随我来，我给你说。我不明白他的眼里到底是什么东西，欲望？当时我不知道欲望是什么，我只是从云姨迟疑和闪烁的目光中知道并不是对云姨很好的事情。

[1 / 1]

把我抱到房间后，云姨似乎在颤抖，她对他说，去我房间说吧。

故事进行到这个时候，我已经知道它注定会成为我的一个插曲。有时候深夜里醒来，会莫名地盲目起来，想着很多年前发生的每一个细节，都会觉得遥远而不真实，仿佛一切都是一个世纪以前的梦。好奇心真的是会毁灭一个人的，这是我第二次知道的，当然这些都是在我成长后突然醒悟过来的，当时我在做一切事情的时候并不知道会使得我以后如此抑郁、腐败。

当我正在考虑是否应该再找机会逃跑时，我听到来自云姨房间的叫声，不是很大的，又像是兴奋，又像是痛苦。

以前我总以为是云姨的胃疼犯了，但那天的我却多了一个心眼，天知道，一个四岁的孩子怎么会变得那么复杂，我思索着，为什么每次云姨总是在和那些男人一起后就会发出这样的声音，是不是他们在欺负云姨。

其实从心底来说，我还是在乎云姨的，于是我匆匆地跑到她房间，正要推门喊的时候，我听到男人的话："美人，今天我要好好痛快一下了。平时你总让那些混蛋占便宜。哈哈！"

然后是云姨的低声：不要声音这么大。

我的疑惑更大了，透过门缝往里看，不能否认，人固有的本性，偷窥是在出生的时候就有的，和年龄无关，我甚至是屏住呼吸地看到了一切我所不应该看到的，或者说看到了我当时也不能明白的东西。

我惊呆了，原来我经常听到的声音就是这样从两个赤裸着的男女口里发出来的，他们在纠缠着，发出含糊不清的声音。

　　到底是愉悦，还是痛苦，我毕竟是四岁的孩子，能记得这么多已是不易，我只知道当时唯一的感觉就是恶心、茫然。试想一个四岁的孩子亲眼看到男女做爱的现场，而且是在她根本不明白的情况下。在我被颜晓进入的时候，我想起最多的可能就是这个场面。

[1 / 2]

　　凌晨四点，一辆黑色的 2000 停在下花园公寓楼下。后车门被司机打开。后座上，一个头发抹得光亮的中年男人告别式地吻着她，手指不停地在她短裙下裸露的大腿上滑着。在男人的怀抱中，她感到窒息，有一把尖刀插进了她的心脏，痛得她几乎要昏死过去……昏暗的房间，凶猛的野兽，闷黑的夜，一颗绞痛的心。

　　三点半钟，野兽瘫在了床上。她起身，进浴室，对着镜子冲洗掉肮脏的东西。

　　在键盘上飞速地打出这些字的时候，幽宁骂我，总是写这些糜烂东西，她问我到底想要说明什么，我也不知道，我真的是习惯了这样的文字。

　　幽宁说，你这样没日没夜地疯了多少天了。她点着我的脑袋说我这样熬夜又不停地抽烟会死掉。我不知道怎么和她说话，甚至可以说失去了语言能力，我已经很多天没有出过门了，事实上我的大脑一直处于混沌状态。

八月一日那天我戒了烟，但是八月十六日坐在电脑前的我在写下了以上这些字句后突然又有了抽烟的欲望，而且无法抵挡。

我喜欢抽烟，虽然这习惯会危害自己的身体健康，但是我对抽烟时那一呼一吸相当迷恋。在那一呼一吸之间，我总觉得我可以完全把我内心的焦虑和压抑呼将出去。我可以证明，你看那伴着心跳吸进的气在郁闷的胸腔里周转一圈，然后变成烟被尽力地呼出。呼出的淡蓝烟雾袅袅地升腾，然后缠绕着风变作青丝慢慢飘远，最后消失在我的眼界之外。就这么简单，烟充当了我将焦虑和压抑挥去的可视化道具，让我可以暂时地欺骗自己，让自己认为平静了，没有了焦虑也没有了压抑。

我去买烟的过程像是在梦游。梦醒后，我嘴里已经含了一支燃着的香烟。我的心很合作，在它感觉到我嘴里含着的是什么东西后又恢复了平静。

我继续敲打着键盘，一朵一朵关于放纵和糜烂的花在我手里盛开：

三点半两人从公寓出来，上车。车开到下花园公寓。男人用吻告别。照例穿着一件露肩的紧身胸衣，外套一件短皮马甲，下身一条皮短裙，一双高筒靴直至包裹住全部小腿。八点十分，一辆黑色轿车停在她身旁，车门打开，一个败顶的男人坐在车里，手里拿着一束玫瑰。她弯身坐进车里。接过花，对着身旁男人色眯眯的眼睛慢慢解开外衣纽扣，接着就是野兽猛扑过来，咬住她，再一点一点把她吞噬……车不停地开着，驶向任何一座旅馆。车停下来的时候，那男人嘴里不停地咀嚼着怀中的她。男人发现到了站，才停了下来，整了整衣服，推门出来。她穿上外套，理了理头发和裙子，下车，挎着男人走进旅馆。

晚上七点半，穿上衣服，仍是那件露肩紧身胸衣，短皮马甲，下身一条皮短裙，一双高筒靴直至包裹住全部小腿。来了一辆豪华轿车。车里的人向她挥手。她上车。接着又开始了：车里——餐厅——卧室，三点一线的"工作"。

最后我还是被幽宁拉着去上街，她说，一个女子能如你般，真的是成神了。我低头看她忙碌的样子，想笑的时候才发现脸上的肌肉由于长期保持严谨而变得僵硬。

房间光线很暗，而且又放着一些很缓慢的类似于死亡的音乐，没错，就是死亡音乐，我认定自己是固执而无情的人，抑郁地把自己埋葬在很多年前的过往里，不肯走出来。

[1 / 3]

2000 年的时候，我就开始用键盘说话，任凭手指敲打到红肿，时光就是那样一点一点地消逝。凌晨两点，极清冷空寂的时光。是我放纵自己想念安或者一些人的时刻。每天的想念，从未间断过。再多的睡意到了那一时刻仍是清醒，无比清醒，让人恐惧。冷冽的空气让我颤抖不已。孤独如潮，将我淹没，心中绝望。知道眼前所有的虚幻是关于过往的记忆，写不出字的那些夜晚，我流窜于各个大大小小的聊天室，活跃在形形色色的论坛。

我只发一句话，我要自杀。

我通常会以 35 岁男人或 17 岁女孩的身份在网上出现。我需要了解男人，特别是野兽般的一面，她也想在这座虚拟的城市里寻找一种男人想得到的快感。常常对网上像我一样 20 多岁的女孩问一些敏感的问题，也常常被人骂作"变态"或者"混蛋"之类，当然，也有人对"他"感兴趣，也许就是那些和我生活类似的女孩吧。也有时，我就装成一个十七八岁的女孩，先是心甘情愿地被网上的小瘪、小混们挑逗一番，然后再把他们一个个骂走。我觉得这样是快乐的，至少在那一刻，暂时的。

[1 / 4]

他说，听歌吗？

我冷笑，一直听刘若英的歌。《一辈子的孤单》。一个有着淡定的忧郁气质的女人。总是睁着她大大的干净的眼睛，扮演着各种角色。我喜欢这种面孔并不出众却气质沉厚的女人。王菲、莫文蔚，皆是如此。绝世无双的容颜，内敛却掩不住锋芒毕露。天生是属于舞台的人。

我呢，我也是曾经妖娆于舞台的女子。他又说，听王菲的歌吗？

我还是冷笑，正在听王菲的歌。喜欢她，一如既往。冷漠而妩媚的女人。在时光中渐渐沉淀所有的美丽。终于无人能及。第一首听到的歌，到现在印象已经模糊。只记得她越来越透彻的声音。沧桑的美。对她的喜欢是纯粹的。因为听到声音就可以沉醉。王菲已经成熟而平静。她从不提起关于自己的过往。展现在人们面前的，只有歌声和冷漠的并不漂亮的脸。然而美丽，极致的美丽。那一种经历后的淡定漠然的气质，只属于她。听她的歌可以忘却时光流逝，抽烟，一个人安静地流泪。

他继续，你是不是有疼痛的感觉？

我无法回答，可是又无法逃避他的问题，他是个执着的人，尽管虚拟的东西只是会带给我一些幻觉，但是我宁可相信他是我曾经的一个熟悉的陌生人。深埋的痛让我们可以隐忍平和地出现在人群之中。如她一般，面无表情的冷漠。喜欢《不留》的歌词，那是一个无谓的女子。她已经给出所有，什么都不留。

我告诉他，我想自杀。

他很久在沉默，我在思索，他会问我原因吗？我该如何回答。

　　但是他没有问我，只是在传送了一首歌之后就沉默了。

　　整个晚上都在听他放歌曲，其实我根本就没有任何心境去听，只是漫无目的地神游，他给的是《黑色星期天》，那首据说让很多人自杀的音乐。曾经看过关于这个曲子的电影，于是想象着它会让我彻底地从崩溃中有力量死亡，是的，是很动人，可是却让我从烦躁中安静下来，然后我安静得什么也不做，就那么安静，仿佛什么也没有了，空荡荡地发呆。

　　他说，怎么样，我说，没什么，就是觉得很累，也许我会想自杀。

　　他笑，也许他从一开始就知道，当死亡与绝望完美结合时，也许只是沉睡，犹如一个睡美人一样的安详，却不再是突兀的死亡。

　　我也很奇怪自己说的是也许我会想自杀，记得在此之前我说的是，我想自杀。现在却加了个也许会，是什么原因？再没有和他说话，因为眼皮开始打架，我希望就这样在音乐中睡去，不再醒来，永远不要醒来，可是我知道 8 个小时后我还是我，还是那样空洞地看着电脑，盲目地写着心情，然后无助地说，我要自杀。

[1 / 5]

　　黑色的星期天已经老去了，关掉音乐，它还在脑子里回荡，只是我在最想自杀的时候竟然被这首让很多人自杀的曲子催眠了。这一次，我睡得如此之香，我看见他悄悄地离去，远处，是灿烂的朝阳。

　　他是谁？真的只是一个未曾谋面的网友吗？在梦里，我不愿醒来，他也许会是安，会是颜晓，更或者，他是韩东。

　　韩东，那个瘦瘦的、个头不高，总是沉默不语却又会愤怒会疯狂的摇滚少年。一双眼睛里却笼罩着一层淡淡的、总也散不去的哀愁。没事的时候，他总喜欢抱着吉他，嘶哑着嗓子，一个人静静地看着远处的山。

　　那次摇滚演出看到他，我就知道，我不会再离开他的寂寞、他的忧郁——不变的忧郁。大学时光在此时想来已经支离破碎，就像依稀的香气、半梦半醒时的幻听、斑驳的树影，或者，爱情……

　　我不能忘记那个伤心的春天，以及后来无奈的初夏、仲夏和无边无际的秋或者冬。

　　静璇对我说，你的伤口藏在眼里，很深。

　　我微笑，无语。

　　我以为自己已经把伤口藏在最深的地方，没想到在阳光下仍然是无所遁形的丑陋。

看书，故事里俗烂的情节我和她泪流满面。其实她只是想起韩，她和我也仿佛是一场情节俗烂的故事。然而真实。

我可以容忍太多的腐烂和背叛，甚至心碎，可是我却面对不了自己的破碎，我知道在这场战争中摔碎玻璃的人是我，划破的却是他的掌心。

韩东说，他爱我。

总是会记起他，毕竟我 21 岁以前到 18 岁的生活与他也是有着一些纠葛的。任性而无知的年纪。

他说：湛蓝，以前的我不说爱，是因为不懂，只以为痴缠的两个人彼此会这样纠缠一辈子。单纯的想法。

我想过用眼泪去还，最后我说，给不起爱情的结合，我给你认真的身体。

我会很认真、很投入地和韩做爱，甚至我会在做爱的时候想到哭泣，眼泪在激情里燃烧，我看见自己躲在床边上失望地看着自己，虚伪的身体，缥缈的爱情。

我总是在最后一刻逃脱，韩的琴弦迸裂的时候，我看到自己的身体在摇滚面前那么脆弱，韩真的是个好男人。

至少在所谓的摇滚乐手里，我看不到他破败的生活，听不到他淫秽的言语，摸不到他糜烂的感情。

只是，我不爱他，尽管欣赏。

[1 / 6]

米兰·昆德拉说过：我们的爱情，是一种轻飘失重的东西。

想到许多曾出没在我生命里的人，以及仍然停留下来的人，他们像是一个轮回的圆圈，一个消失了，总会有另一个恰好经过填补上那个空缺的位置。

可是，如果真正想伸出手去拉另一只手的时候，却发现所有的双手都不是属于自己的。这些人的出现或喜或悲地影响着我的生活，他们走进我的生活，整个相识到相别的过程在这生命中长不过一朵花开的刹那，而这刹那于我却是常驻的芳华。

我喜欢那个安静的夜晚，情欲过后是温馨的平静，我会自然而然地想到西方诸佛之类的话，想自己可以是他面前的一粒微尘，在遗忘里忍心和他对坐千年，听他读章章金句。在一种叫回旋舞的舞蹈里，他要和所有人执手，之后他才会来到我面前。

可是再后来呢。

人生苦短，爱恨有限。

聪明的人不问从前，豁达的人不问以后，在我的心里每天装着十万个为什么。

韩是贫穷的，所以他在爱我的同时会自卑，他总是在反复地证明了他异常爱我的事实后，又在酒醉后低调地说，湛蓝，我一无所有，你离开我吧，找个爱你的人。

我是一个物质女人，这无可厚非，因为我是在一个物质的环境中长大的女子，我总是在忙碌地挣钱，然后大把大把地消费，享受和寂寞其实应该是欲望在被压抑到极限后的矛盾体，终究我逃不掉红尘的物流。

我对韩说，我不爱你，不是因为你一无所有，只是因为我不爱你。

他紧紧地抱着我，哭泣，我会经常给别人说，千万不要相信男人的眼泪，全是鳄鱼的眼泪，可是那一刻我还是被他的眼泪软化了，我们不停地亲吻，不停地取暖。

韩说，湛蓝，别离开我好啊？

我答应了，身体和理智总是在无休止地做反抗，一根火柴点燃的时间，我就灰飞烟灭，被欲望湮灭只需要一分钟，而被承诺捆锁却需要一辈子。

然后我说，韩，记住，女人的话千万别信，包括我。

他没有听见我这句话，他早已像个孩子样地蜷缩在我怀里。那种姿态，蜷缩的，曾是我固有的，延续到以后也是固有的。

终于到了离别的时刻，狂风暴雨般骤然降临的沉痛。他不知所措的无辜，让我心揪，可是我不得不离开，没有爱的迁就终究对谁都是太牵强的理由和借口，伤害是渗透的。

他问我，心里面根深蒂固的相守的观念就要这样被硬生生打碎，湛蓝，我该怎么办。

没有人能告诉他该怎么办，于是离别。赌气地断绝和对方的所有联系。以为爱情可以从另一个人身上重新开始。

他最后一句话是，我会学着遗忘。

肖静璇，我天真的上铺，她说过，她只要守候，等待。

他们就那样在了一起，韩说，我可以对肖好的。

我想冷笑，但是没有，像我一样，只是迁就对方的爱，但是韩也许又和我不一样，他也许会接受来自被爱的真诚。我不能，我只会爱安，所有的都是取暖，过客，可以停留，时间不等，却不会烙刻。各自离开，各自寻觅。也许是爱了吧，不然心里面怎么会消除不掉他的印记，韩的愤怒，韩的绝望，所有的往事在暗黑的夜里如潮水涌来。

原来一切只是安慰自己的谎言，不是没有爱，只是我们的爱，只能系在最早的那个人身上。这一生，再也没有任何人能够介入。安全地存在于心底的角落。不会轻易提起。最初的那个人总是完美，却注定颓败。深埋在岁月的泥土下或者被风吹散。回头观望的时候，才发现除了记忆其实一无所有。而记忆，全是寂寞。有他，有我，我们却失去了彼此。现在已是哀悼的时刻。年轻的甜美，深爱过的人全都不在。

[1 / 7]

暗黑的夜里，想起那个住在伤口里的人，安静地哭，连声音都是禁忌。他的脸已经模糊，唯有伤口透彻清晰。钝重的痛。抽烟的时候，烟雾缭绕中出现他的脸。我欣喜地伸出手，烟雾散了，什么都没有。

安始终不属于我，幽宁说得很对，我需要走出去，或许偶然有一天，走出记忆的角落，才能感觉到自己身上潮湿发霉的味道。颓败的花朵安静地躺在地上和我一样无法发出声音。我如它颓败，鲜活的只有记忆。往事如风，消失的人无法再见，我只是深深寂寞。

再回想起韩来，竟也是满脸的泪水，那一年寂寞的秋天，我泪眼模糊，对他说再见。他可知道？我并非出自真心。他不发一言，转身离去。满树枯黄的叶子被风吹落，落了我一身。我孤单地站在那里。他已经走远。深刻的被爱随风而逝。明明可以留住的。可我们谁都没有开口。也许，是在等对方开口吧。然而这一等，竟已是沧海桑田，不堪回首了。

我们终于长大，终于懂得，爱就是碎了一地的叶子。回不到从前。

我突然想去找韩，不知道在城市的哪个角落会看到他，是否依然牵着肖的手，算起来刚好是毕业时分，他们应该在爱情湖边私语。

[1 / 8]

被幽宁死拖着上街，千般不愿，仍是笑着与她同行，阳光很刺眼，但很温暖。对久别了阳光的我来说，阳光下的世界似乎很陌生。在街道上闲逛，看见了个音像店铺。走进去。通常来这儿都是买些像 Blues 一类的伤感的情歌。

我看了半天，想去动，幽宁恶狠狠地瞪着我，我缩回了跃跃欲试的手臂，睁着无辜的眼睛傻傻地看她自顾自地挑选着碟片。最后我们大包小包地回家，袋子里全是零食。

七点三十分，吃了点零食，幽宁打开录音机，放着 Blance 的唱片。很欢快的音乐，节奏使我想跳舞。她随着音乐跳起来，脱光衣服，拉开窗帘，阳光直射进来照在她雪白的肌肤上。我突然感觉到了从未有过的轻松。

一首《Kiss me when you love me 》，反复听了好多遍。很好。

不知道是阳光的缘故，还是音乐的缘故，我居然流泪了。其实阳光之下我早已流不出眼泪，我已经习惯阴暗潮湿的角落，那里所有的疼痛只属于我一个人。

幽宁跳得满头大汗，我顺手递上毛巾，音乐还在火爆地响着，只是幽宁接过毛巾擦了汗后突然沉默，继续沉默，几分钟的安静。

空气在音乐中孤独而疯狂地流动着，两个人面对着面，呼吸静止了几分钟，她开始哭，号哭。湛蓝，我其实离不开，男人像蜜蜂一样在我身边来了去了，我不想要孤独，但是我必须孤独，因为我爱他，而他不属于我。

幽宁口中的他，是颜晓，一直以来，我们三个人的关系就是如此，纠缠不息。

我给不了她答复，就像我给不了他承诺。

爱和离开，也只属于那一个人，安，旁人不曾占据一分一毫。

没有声音。周围是一片黑暗。记忆中模糊的脸没有出现。寂寞那样深，发不出声音，原来，寂寞无声。

爱情有时就像一间电梯里的两个陌生的异性，窄窄的空气已经让人窒息，各自都期待着早日到达目的地，好先行离开。只是，在对的时间遇见对的人，是幸运；在对的时间里遇见错的人，是遗憾；在错的时间遇见对的人，是无奈；在错的时间遇见错的人，是无聊。

我的声音有些苍白、无力，眼神漠然、空洞。然后却挣扎着试图用上述的理由来说服幽宁，但是我想要说明什么，其实我也不明白。

幽宁不再哭泣，音乐早已停止，只有两个人惨白的心跳在发出没有节奏的声响。那我们呢，究竟是属于哪一种人？她看着我，眼里并没有询问的意思。

答案如何都是不重要的似乎，因为相濡以沫，不如相忘于江湖，红颜弹指老，刹那芳华，与其天涯思君，恋恋不舍，莫若相忘于江湖。

有时，没有结果的感情就像一个包袱，放在心里非常重，却找不到一个人把它卸下来。明知那是一段镜花水月情，却又不能不寻找，等待。

突然不想待在电脑旁，很久没有用笔写过字了，感觉都有些生涩了，我还是认真地在纸上写下一行字：

明明是相爱的两个人，也依然无法在一起，因为我们身在世间，许多事并不能由我们做主。好像花在盛开后，一定会枯萎老去，不得已，也要安慰自己，相濡以沫，相呴以湿，不如相忘于江湖，在花开花落、云舒云卷间，修着彼此来世的缘。

[1 / 9]

幽宁说，湛蓝，你的字很漂亮呢。

我笑不出来，曾记得很久前，我就是这样固执地用圆珠笔在廉价的稿纸上写过多少句安，现在我用的是价值不菲的水笔，手里随意拉过的是 A4 的打印纸，却没有当初的意境。有的只是冷静，原谅过多少，忏悔过多少，又错了多少。我只是一个有着太多孤寂的女子，一切都是因爱而起。

曾经有人问我："爱是什么？"

我说："是思念，是直到世界末日仍然不会停止想念、停止去爱的那个人。"

他说："我很感动，是否真的有这样一个人存在？"

我说："不，他不存在。"

他的的确确是不存在了啊。之于别人，是一份聆听的感动，之于我，却是旁人无法体会的切肤之痛。那伤口，至今还血流不止。怕是不会停止了吧。

每个周末，幽宁就会像白痴一样不停地问我，湛蓝，我到底穿什么样的衣服？

她习惯忙碌，我们都是寂寞的，可是我习惯安静地糜烂，她喜欢张扬地放肆。她的服装颜色几乎很统一，清一色的米黄。

问过她为什么喜欢这么鲜艳的色彩，她淡淡地说：没什么，就是喜欢。

背地里，我为她解释，用我敏感神经的思维定义：米黄，经过了收获和贮藏的季节，终于尘埃落定，当一点点的侵蚀将它刻板的状态蚕食殆尽时，那种收获之后的尊贵便荡然无存，味道虽变得浓厚可口，却恰恰失去了作为一粒种子的意义。

铜橘是我喜欢的，我说过，自己是一个很物质的女子，所以我在选择上也是如此物质，对于颜色的挑剔，我是与众不同的：如果单看它闪闪发亮的光泽的话，是一种享受，圆滑的质感与古朴的韵味都充分说明了制造时的那份艰辛，但随着年深日久，渐渐地会蒙上一层乌华，这时候，需要的是一番细心的打磨。

[2 / 0]

我说，我受伤了，幽宁。

她斜斜地看着我，湛蓝，你想要什么？安慰，同情？

我没有说话，这个世界上有一种人是不需要有同情的，就是我，一个将爱挂在嘴上，实际上总是亵渎爱的女子。我需要什么样的同情，颜晓为我的痴迷，韩东为我的疯狂，还有那么多，那么多的人为我的冷静或者深陷。我就像一只残缺翅膀的蝴蝶穿梭在楼道里，落在过往的人肩上却不驻留。

刀片划过手腕的时候，第一次感觉到鲜血的温暖，穿过所有的咽喉，就像一双情人的手，轻轻地抚去我沉淀已久的寂寞。我大声地对着夜空、遥远的城市，我喊：你听过蝴蝶飞过时翅膀与空气摩擦的声音吗？你知道玻璃与心同时掉在地上的粉碎吗？我是湛蓝，你是谁？

没有人回答我，在我近似疯狂地怒吼中，我看到陆续有灯亮了起来，然后有人探头看外面，同样是怒吼，不过更有愤怒：神经病！我听见了窗子重重关上的激动，笑，继续笑，发不出声音来了，一个用愤怒来抨击我绝望的人，也许是一个很注重现实的人，或许他更是一个神经衰弱的人。

幽宁搂着我的腰，狂笑，笑到眼泪流下。湛蓝，你好无耻。

无耻，很美妙的字眼，我看到那两个字在空中不停地打转，然后我伸出手想要抓住，放在掌心，看它们曼妙地扭动着身子，对我狞笑，湛蓝，你注定是跟随我们的。原来，无耻的衣服也是血红色的，像我小时候的睡衣，像云姨嘴上涂的口红，像罪恶的花燃烧着耻辱的蕊，一片一片，花瓣落下，柔软地，还是刺瞎了我的眼睛。

　　倒下之前，听见幽宁的声音，湛蓝，也许我是恨你的。

　　这是我第二次昏厥。

08
飞 翔 的 千 禧

你茫然地望着天空，
想象着自己有一双黑色的羽翼，
就那样飞翔，在茫然的天空中，
你苍白得像朵枯萎的祝福花。

你是个 SB，狗屁不通的垃圾。
一只大鸟笼罩着这个世界，
烟花爆竹瞬间冷落了全球的肮脏，
谁在诅咒，该死的人类，
让我从此多了一份对死的恐惧。

[0 / 1]

[0 / 1]

电话里我给颜晓说，我要去广州。

他没有问我原因，也没有说话，迟疑的呼吸有些浑浊，然后电话就断掉了，五分钟的内容仅限于我的一句告别语。

想了很长时间，我知道我是养不活自己的，云姨给我的汇款我还是要取的，于是银行卡又被我装进了口袋。此时的西安还在春寒时节，只是像我如此的女子却早是单衣俏丽，这样很好，因为广州这时应该最适合这样的装束，我简单收拾了一下，坐在那里等待。

我在等待谁，自己也不知道。手机早已关机，没有人知道我要远行，身边的朋友本来就很少的。也已经很长时间没有去过向日葵了，吴说他要像捧明星一样捧出我来，我只是笑，其实跳舞只是我的发泄，我不会在那里去发展。

幽宁？我不会等待她，应该是。

发生了太多的事情，怀疑，失望，黯淡。我的头发已经很长，并且是微微的波浪卷，我习惯上了带着一种超越年龄的妖媚，开始自己称呼自己是女人。女人和女孩的界限是什么，青春，是的，我已经没有青春。

很多人说，领舞就是乱跳，它根本不是舞蹈，领舞的女子就是靠着风骚的姿态来引诱人的口水。

开始我会沉默，后来我开始争辩，现在我只会鄙视。一个没有身临其境的人，是无法知道那种激动和投入，最初登上台子的时候，我才发现，这是一种表演。

台下的人不会知晓台上的人是如何利用着音乐节奏来调动每一份激情的，领舞的女子不是风骚，她是珍贵。

领舞是没有章法的，它也不需要章法，即兴是最大的特点，而激情则是最关键的源泉，即使一个微小的动作，你也要考虑到是否能让台下的人和你有共鸣，要么妖艳，要么动感，也不是平常的成品舞蹈所能完全体现的。

我一直是一个敬业的女子，尽管我只是路过演艺的一粒微尘，飘着飘着，甚至比蒲公英的种子更轻、更小，我没有落脚的地方，即使落脚也是最卑贱的一粒。我还是诉说，我用身体缠绵诉说，疯狂演绎。

我把自己的青春交给了那些没有痕迹的日子，低调着，颓靡着，也激进着，挣扎着。

[0 / 2]

西安火车站好像一直都是那么拥挤的，而且很混乱，又脏，又丑陋。很多人挤在候车室，污浊的空气让我透不过气来，转身又跑了出来。

外面的广场上，仍然是很多的人，我会在想，为什么每天都会有这么多的人在流浪，在行走。有小孩子在哭，然后听见有女人的哭泣声，循声望去，那女人跪在地上，婴儿尚在襁褓啼哭，破烂的遮羞布，脸上是黑的不知道多少天没有洗过脸的污垢，根本看不清楚她的脸。路边有人在看她面前的求救信，说是被人拐卖，逃了出来，如今没钱回家等等的话。

这种事情早已屡见不鲜，火车站尤其为多，不是我心肠太冷，而是实在是无法辨其真伪，眼见着围观的人不少，给钱的不多，她只是哭泣，襁褓中的孩子也在很用力地发出猫样的声音。恻隐之心渐起，眼泪也随之滑下，湛蓝，你不也曾经是如此的一个生命，终于动情，怜起自己。

经过女人身边，宁静地给她手里塞进五百元，给孩子买点奶粉，再给自己买件衣服。

女人哭着感谢，破烂的衣服甚至可以看到奶水干瘪的乳房，我控制不了自己的眼泪，又在包里拿出一包奶粉，这个给孩子吧。

不等她再说感谢的话，我就匆匆离开，我可不想让那么多的人看见我的狼狈。

候车室还是那么多的人，形形色色的，彼此很近，甚至也会一路同程，只是又很远，熟悉和陌生只在一刹那。灵魂的亲近和身体的距离永远不是一句话能说得清楚的，不是一个场景能表现出来的。看看时间，还有两个小时就上车，花了十块钱进了贵宾候车室，里面倒是人很少，长长的软沙发，可以睡觉。

躺在沙发上却睡不着，宽银幕的画面不是很清晰，不过却是我喜欢的片子，一直很喜欢《大话西游》，很无聊的片子，却很经典的爱情台词，加上星哥夸张的表演，也是骗取了我不少眼泪。一场真情告白，一段辛酸往事，我还是忍不住拿出手机。

一开机，很快收到好几条短信，一个内容，湛蓝，我在火车站，找不到你。是颜晓的。重复的内容，我能想象得到他焦急的面容。

我回复，颜晓，为什么你要来？

问得悲戚，问得心痛。难道你不知道我最怕离别的场面，即使我们不曾爱过。

我不能自已，泪水滑下，就算与爱情无关，颜晓于我，却是最让我心痛的那一个。总是固执地以为，世界上最美的剧本一定是悲剧。只有在漫山过海的凄绝中，故事才会刻骨铭心，如同爱过安的那些孤独的夜，以及它身后留下的无尽的深邃。

他的电话很快过来，你在哪里？

焦急、低沉的嗓音让我无法再拒绝送别的场面，我只有愧疚，只有诉说。

颜，对不起，我……

湛蓝，别说对不起，告诉我，你在哪里？

还是说出，没几个人的贵宾候车室里我的双眼已模糊，不知是哪位好心人顺手递来纸巾，顾不上道谢，就冲到洗手间发泄。

出来时，第一眼看见的就是颜，很简单的装束，手里是大大的袋子。

水果。他笑着说，那么浅浅的笑，纯净地在忧愁里浸泡。

一直无话，他也不说话，只是安静地坐在那里削苹果，长长的苹果皮垂下去，打转，是个圈，居然没有断裂。

不忍冷落，却找不到话题，许久，我翻包，颜，吸烟吗？

烟是我生命的一部分，夹在手里，身体才算完整，才会稳住内心涌起的浪头。

他笑，皱着眉头地笑，在外地要学会照顾自己，有什么事就回来。

上车，还好，有座位，只是二十多个小时的旅途，肯定是疲惫的。

颜又是皱眉，为什么没买卧铺？

票很难买的。

他没有多说，下车，走了两步，突然转身，为什么要去广州？

我挤出一丝笑容，散心，不会太长时间，会回来的。

列车开动的时候，我发短信给他，颜，谢谢你的爱，保重。我知道很多东西始终要过去的，所有的美好似乎只闪了一瞬间，一切归于平静，我是为了安，我要找到他。或者，我会待很短时间，或者我会永远待在那里。

手机滴滴作响，颜说，湛蓝，我一直就在窗外看着，可是你还是不曾回头，我只是你的空气。

伸出头，颜在追着火车跑，看见我，他喊，湛蓝，我会等你回来，一定会的。

眼泪于是不可抑制地飞出，这是哭着给他的承诺，颜，下辈子，下辈子我做你的爱人。所有的情感一下子涌到我的胸口，原来，颜晓一直存在于我的生命。那一瞬间，我觉得我的世界一下子被掏空，我像一只折翼的蝴蝶，想飞却不能拍起翅膀。

[0 / 3]

到广州以后并没有很大的变化，我依然像以前一样，狠狠地抽烟，不停地喝酒。醉里笑，笑着唱。接着呕吐，发呆。房间里散落着长短不一的烟蒂，还有横七竖八的酒瓶，散发着阵阵恶臭。

安没有任何消息，偌大的城市，我当然是没有办法找寻，更何况，我根本就不可能在大街上去询问，我想，我唯一的清醒就在于我还不是白痴。我想找个工作，那样我便有了在这个地方驻留的理由，其实我根本不喜欢这个城市，南方人的精明小气让我很是反感。偶尔房东会用她坏坏的眼神看我，仿佛我是那种干不正当工作的女子。

她说，靓女啊，你怎么从来都是白天睡觉，晚上起床啊。

我斜了她一眼，你不觉得晚上的风景很好吗？是挣钱的好机会。

既然她如此猜想，何不遂了她心意，看着她对我的回答不是很满意，撇嘴而去，我哈哈大笑，庸俗的小市民，她想要的就是你欲盖弥彰的回答，然后她拿去做笑料话柄。

我现在的职业是自由撰稿人，在电脑上，用文字拼凑，构筑一些情节凝重的故事。没有结果的，千疮百孔的，伸手便可以触及满地的凋零。从领舞女郎到自由撰稿人，这是一个让人费解的过程，包括我自己也在怀疑，到底是不是一个人的故事。

领舞跑场子的经历或多或少地给了我一些感慨，有人说，文字是与经历有关的，我不知道是否正确，但我从来不否认经历的确在文字上给了我很多帮助。我不知道为什么阳光总是和我擦肩，接触着太多的阴暗，我甚至怀疑自己是否需要阳光，也许我是个月亮女子。

那些因家境贫寒而做了陪酒女郎的女孩，看她们浓妆艳抹的背后，一双纤细苍白的手对着镜子数着划算着要给家里寄的钱；那些家境富裕的寂寞少女，穿着高档的名牌服装，在舞厅里放纵着空虚和快乐。

我始终没有找到工作，然后我就靠着那些字卖钱，真实或虚构地编一些骗人眼泪的故事，我的编辑总说我的文字太残忍。

残忍？是什么，他不会明白，很多时候，残忍的背后是
懦弱。

一些和青春有关却也和绝望密不可分的故事，在我的笔
下流淌蔓延着，并非心痛，而是心碎。我在每个文章里都会
用到安的名字，也许我是希望他能看到，他也许熟悉着我的
气息，熟悉着那个14岁就要嫁给他的女子。

[0 / 4]

安说，他喜欢长头发的女子，牙齿洁白得要像古巴比伦
的象牙玉，所以我拼命地蓄发，拼命地洗牙。

安说，他喜欢听王杰的歌，诉说着沧桑和忧郁，流浪和
孤单，比如《是否我真的一无所有》《我》，喜欢反复地听，
于是我的屋子里到处落满了落寞的声音。安说，他喜欢汤姆·克
鲁斯，忧伤的双眼如同艾比湖的湖水，却能映照出内心无比
的圣洁。我听着那首《The saddest thing》的日本民谣，听
着歌者撕心裂肺地唱到"世界上最痛苦的事，就是向心爱的
人说再见"，但却不让眼泪掉下来。

我安静地思索着，心痛着，我说，安，你可知道，世
界上最刻骨铭心的痛楚，就是一句话都不说地离开自己心爱

的人……

心一下一下地沉去，旷古的冷。为了安，我离开了记忆汹涌的城市，行李箱里，只有安的名字，没有地址。

[0 / 5]

街道上很是混乱，有人和我说，你走在街上会被抢，我没有遇到过，我只是知道所有的人都在忙碌，然后我写不出字的时候，就会跑去这个城市最热闹的地方，置身于熙熙攘攘的人群中，与四周陌生的人一起迈着属于这个城市节奏的步子，漫无目的地走着。

公交车上看见一个十七八岁大的男孩。在车窗凝结的雾气上涂写：梅子，对不起。一边写，一边擦拭肆无忌惮的泪水。车到站，男孩走在前面，后裤兜塞着的报纸露出一寸刀柄。我忽觉黯然，那么小的孩子，已然采用决裂的方式表达情感。

那么我呢，我难道不是吗？只不过我的决裂表现在自己更压抑的孤独，爱情究竟在两个人的世界里是个什么角色？路过许多男子，路过，我喜欢这个动词，简单又瞬息万变。一直动容于朴树那首《那些花儿》，沉沦的一批女人，在华丽包装下，隐藏彻骨的迷茫。愿做昙花，将开时专注窗口，希冀一双眼就此路过。就此，停住我的美丽。

可一双眼，能承载多少美丽？好比天空，能记得多少因它璀璨的烟花。

于是，所有只是路过，匆匆，慢慢。也只是路过。花开即灭，可我孤独。每一个夜晚，我任凭孤独侵蚀身体各处，却无能为力。特别是在被黑暗淹没的时候，孤独就开始侵蚀我了，寂寞也开始折磨我。

幽宁说过：昙花一现，最是美丽。

没有见过昙花，只是在很早的时候便听过，知道那是一种只在暗夜才绽放的花朵，虽然短暂，却很绚烂。像流星，只是在夜幕闪亮一瞬间，却美到极致，美在心底。

我只见过断线的风筝，摇摇晃晃地飞入天际，最后成了一个黑点，没入云端，消失不见。

我流过很多眼泪，都是无缘无由的。

我想我是宿命的孩子，写字的时候我会想起这句话，然后我对网上的人说话，我没有怀疑过网络的不真实，相反的，我总是猜测现实的空虚，或者因为我是一个完美的人，或者因为我是一个破碎的人。

[0 / 6]

广州的生活并不像我想象中的那么宽容，我常常被自己衰弱的神经搞得不能入眠，晚上，失眠，暴躁，严重的时候我拼命地喝酒，用刀片在手腕上划下一道又一道的伤痕。

窗外的车流。一辆辆闪着灯光的出租飞驰而过，里面是否都有一颗为家人奔波劳累的心？烟还在灼烧着我的肺和气管，只是觉得好闷。静静地躺在那儿，血从胳膊上慢慢划下，像一朵盛开的红莲，红色的血染在白色的床单上，我无力地昏睡，一种撕心裂肺的感觉从心底油然升起，我看见无尽的伤悲在我的眼前弥漫，最后把我包围。我无法呼吸。

我发不出声音，只是在想着，安，湛蓝走了。

房东女人又在这一刻突然出现，她尖细的嗓音划破了寂静的夜空，我被扰醒。

她一边打电话，一边咒骂我，用那种我听不懂的本地话，只是听到一句，死女人，要死不要死在我这里，会脏了我的屋子。

我没有死，怎么会死，我还有很多事情要做，我是暗地的影子，在伸手不见五指的黑暗中，把玩执着的痴迷，诠释无节制的疯狂。割腕不是自杀，只是一种刺激的游戏，我对她傻笑，要不你也试一下。

她像看疯子一样看着我，飞速地逃离而去，说：死女人，快搬走我这里。

我当然不会走的，该走的时候我会自动地走，她也不会赶我的，这个女人最大的特点就在于把房租递到她手里的时候，会看到她龇牙的热情。

[0 / 7]

有一段时间，我几乎是天天泡在网上聊天的，所有的人都说我的名字很恐怖，资料很经典：血玫瑰，我用一秒钟的时间爱上你，然后用一辈子来忘记。

遇到一个人，他说，血玫瑰，我就是你要爱的人。

知道他在乱说话，但还是接受了他的请求，聊天，涉及了很多方面，却原来真的是投缘，他说，我想看见你。

我告诉他，我的原则是，不谈爱情，不见面。

他不再说话，然后就是不停所谓寒暄，问候，留言，是个很会关心人的男人，七二年鼠。吉他手猫仔，喜欢舞台，在炽热、灼目的灯光照耀下，可以把自己藏到最深。如仁立太阳正中，因过于光明，反而沉落更深的黑暗，眼盲，亦得见真实。

这段话是他的资料，我喜欢，也许这种喜欢缘于韩东，想起来，我也是有过和他的承诺，和猫仔聊天的时候，我会想起韩，那个被摇滚侵蚀的男孩。

[0 / 8]

韩永远是一个大大的男孩。摇滚，那是他生命的舞台。

他扮演完全超越自我的角色。凛冽，不羁，甚尔放纵。他亦完全投入，一丝不苟。告诉过韩，自己越来越喜欢牛仔裤，几乎一年四季都在穿。粗的做工，细的感觉。可以随地而坐，随意而动，旧了更具味道。他就专注地看我，然后为我作曲，轻声弹唱。琴弦于手指微妙拨动中，无所畏惧。

挥霍激情。来自底层的喝彩，风掀微澜，覆盖灵魂。

他经常会低低地吼，他说，那是摇滚，不适合我。

他说，湛蓝，我为你唱抒情的歌曲。闭上眼睛，他的琴弦波动，呈现幻觉。我飞翔，羽翼拍击海面，一滴湛蓝，更多滴湛蓝，混入血液。血管有如胀裂。光明烧得更炽。只听见心脏有力、加速地跳跃，跳跃，而后，音乐结束，一切不遗余力霍然停止。

韩始终是我心口的朱砂痣，非比颜晓，不同于安。

[0 / 9]

突然的夜里，我触动突然的心事，我知道我是属于西安的，回家，家是什么概念，其实就是西安。

给颜晓电话，我说，我会很快回来。

他没有回我，等了很长时间没有等到他的回复，很久，一等就是永久，直到我回到西安，仍是看不到。

2000 年的冬天，千禧的日子，颜晓失踪了。

CHAPTER 09

那些花儿

你总是忘记你是谁，
哆嗦在角落的蟑螂看见你也会用一句它是小强来欺骗你。
谁都是你的爱，是的，你拼命地把自己的伤口撕开，
再傻傻地看熟悉的、陌生的人们在那里撒盐。

他们说，春天来了，把伤口埋在盐土里，
来年秋天，你会收获很多希望。

你难道不知道，种豆得豆，种瓜得瓜吗？
你播种的是伤口，发芽的怎么可能是幸福。

颜晓说，湛蓝，我爸爸已经帮你办好了入学手续。

说话时，我坐在镜子前，任由理发师鼓捣着我的头发，我需要出现的形象将是一个乖乖女，比如长长的直发倾泻下来，乌黑健康的光泽飞扬着青春的气息。

我说，颜晓，我觉得自己还是适合颓废的。

理发师的嘴角裂出一丝笑容，你们这些孩子，就是喜欢这样浪费自己的光阴。

浪费？我没有说话，颜晓的脸上显出尴尬的绯红，他坐在我身后，偶尔和空闲的发型师聊天，言谈之间仍是围绕着我。

理发师年龄不是很大，却也有着同样的沧桑，一个30岁左右的女人，妆很精致。从她感慨的语气，我知道，这也是一个有故事的女人。

临走的时候，她突然问，颜啸林是你们什么人？

颜晓半张着嘴没有说出话，我替他说话，是他爸爸，怎么，你认识？

她淡淡一笑，看到你们刚才拿出的贵宾卡是他的，也不算认识，我是他的学生。

颜晓红着脸说，那是我的师姐了。

她的笑有些牵强，难得一家人啊，经常来玩啊，今天算师姐请客，给小师弟的未来媳妇帮忙。

不是的，颜和我几乎是同时开口的。

女人没有再追问，离开时叹气，年轻时还是要珍惜很多东西的。

我看到她的眼里闪过一滴泪水，她是微笑着和我们挥手的，女子的直觉使得我知道，她是一个复杂的女子。

我说，颜晓，她是个好女人。

颜很诧异于我这样的说话。

我却不再提起，换了个话题，颜，要是以后我失去一切，会不会失去你的友谊？

他搂着我，即使你错得全世界都伤害你，我不会，我给你的是爱，不只是友谊。

那一刻我是幸福的，尽管并不一定发自内心。怀疑过爱情带给我的快乐与忧伤永远没有成为正比过，所以疯狂，所以绝望，只是，毕竟爱过，不是路过，我选择继续爱或者被爱。

深夜，寂静空旷的大街。

经过长时间的燃烧，伫立于街边的路灯早已失去华灯初上时的青春亮丽，有如一位流落街头、人老珠黄的怨妇，神色厌倦，目光浑浊。偶尔有车流星般飞快划过，不仅没给大街留下丝毫生气与活力，反而更增加了寂寞的深邃莫测。

夜风袭过，在狰狞错落的建筑物之间流浪汉仍在东游西荡，企图寻找到一处可供栖身的僻静角落。灯火辉煌，霓虹闪烁的暗黑门前还在按部就班地闪烁，却再也刺激不了人们的感官，兴奋不起人们的情绪，反而像一支催眠曲，令人昏昏然只想倒头睡去。走出暗黑，大街给我的就是这样的一种景象。

爱与不爱两端的距离，我总是幻想着，幻想着自己安稳地走在上面，像小时候会偷跑出去一个人走铁轨的日子，一条线地走下去，走一条通向极端的路。

[0 / 2]

颜啸林成了我的路过，我不知道该说什么，颜晓失踪后的信上清楚地说：湛蓝，我不恨你，我恨的是自己，恨的是出生在这样一个家庭。

家，一个好遥远的地方，云姨在我 14 岁的时候离开我，从此我便过着奢侈荒唐的生活，爱着，被爱着，放纵着，寂寞着。

那一年，我还是累了，我说，颜，我想上学。

说话的时候，颜定定地看着我，试图看出我真实的想法，他以为是我醒悟了，我想要重新过一种生活。

我 18 岁，真正意义上成人了，我说，我要上学。

颜告诉我可以让他爸爸帮忙进那所艺校，那所贵族学校，他的手指局促地交叉着，额头在淌汗，我知道他从小到大是很不喜欢和家人谈很多事情的。

第一眼看到颜晓的爸爸，颜啸林，他看着我，半天，他伤感而迷茫地问：你是湛蓝？那一刹那我看到他眼里飘过的愧疚，还有沉沉的心事。空调很冷，我的身体是冰凉的，笑容却是甜甜的，可爱的声音在冰冷的空气里回旋，我向他问好，叔叔，这是我第一次叫别人叔叔。

我又想起安，云姨总是让我叫他叔叔，可是我只是固执地叫他安哥哥。

颜啸林走过我身边，迟疑了片刻，我看见他脖子上有浅浅的吻痕，这是个不安分的老男人，我冷笑，所以我鄙夷。

揪心的疼痛让我暂时忘记了思考，在颜晓的扶持下我进了他的卧室，他说，湛蓝，我爸爸很是喜欢你，他的眼神可以看出。

我听不到，我只是感觉有熟悉的气息在我肌肤上滑过，是谁的，我也不清楚。

颜说，湛蓝，我爱你。

玫瑰在暗夜里安静地绽放着，我不想触摸，怕，怕那花下的刺会扎伤我，血腥的花香在爱情时空中是长久存在的，我接触的也是鲜血滑过玻璃时滴在花瓣上的蔓延。

我说，颜，对不起，爱不是这样的。

他依旧微笑，因为他并不懂得唇语，是我失声了，被惊醒的往事失声了，只是那段往事是断的，好像一段只有开头和结尾的故事，我不知道中间的情节。颜的身体是那么虚弱，他就那样被我发疯地摇晃着，喝酒，流泪，然后沉默。在我剧烈的晃荡中他像风中的叶子开始飞散，我抓不住，只有看着他慢慢模糊，慢慢破碎。

颜，我对不起你。

[0 / 3]

颜啸林说，湛蓝，你确定你遗忘了？

告诉我，发生了什么，我只知道我在最后一刻看到安的身影，听到颜晓的声音，醒来时看到的也是他的焦急。男人的笑深邃得让我心慌，他慢慢地弹着烟灰，你认为那是个圆满的故事，是吗？

不是，我争辩，然后低下头看我涂满黑色指甲油的手指，细长的，苍白的，掌心是让人心疼的乱纹，我是注定没有延伸的方向的。可是，叔叔，我只是感觉那昏迷的时间很久远，并非只是一个简单的一夜故事。

看着他高深莫测的微笑，恐惧顿时袭击了我，我竟然手足无措，像个无辜的孩子一样。或者，在他眼里，我就是个孩子，却是一个妩媚风情万种的孩子。

这是他后来说的，他说，我的楚楚可怜是天生的媚相，他说我就是一幅天然的油画。

他说，你的舞姿确实很好。

一句话惊醒梦中人，我看他，他第一次见我，如何得知我的舞蹈，莫非他想告诉我什么，莫非真的有过曾经，莫非我不确定的遗忘是真实存在的？

颜晓不在，你说吧。突然我是那么的冷静，房间里弥漫着魅样的冷清，两个人的温度不能抵挡来自心底的苍凉，休闲的白色棉布衬衫成了暗夜里无魂的散漫，套在我孤单的身上，裹不住颤抖的心。

他真的开口了，来自海底的声音狰狞地笼罩着我的身体，黑暗里看不到彼此眼里的困惑，只能听到他的呼吸，短促，伤感，却又得意。而我，只是凄凉，习惯性地蜷缩、蜷缩在床头。往事不堪，一段又一段，无法逃避也不能逃避，我选择继续堕入。

我说，只要给我继续安宁的生活，我继续在你掌心跳舞。

他笑了，不是很开心，却是早已明了，你原来和她一样，坚强而懦弱。

有风将枯死的花瓣吹落手边，轻轻拈碎，我不看他的眼睛，只是注视着自己的身体，投入地发出沉迷的声音，那是种诱惑，对于他，一个男人。

我听到了，也看到了，他眼中的欲望是我的身影，燃烧的却是另一个女人的火焰，我不问他，却玩弄着那句，坚强而懦弱，凄惨地扭动我水蛇样的腰肢。

[0 / 4]

　　长期服用那白色的药片使得我经常出现幻觉，我看见街对面出现安的身影时，我正在数着过往的汽车，然后我冲了过去，白色裙子染成红色，倒身的时候我看到了颜晓的脸，这是我醒来后所能记起的。

　　醒来后我看到的是颜焦急的脸，原来只是昏睡几夜而已，如此而已，我对自己说。

　　他们说，曾经有那么一个多月，有个女子，总是独自在街边行走，然后拉住路边的人说，带我走，好吗？

　　正直的男人落荒而逃，龌龊的男人因此在她身上揩油，猥亵，她不怕，只是傻笑，她说，安，我等你回来。

　　连着三天，女子念叨着一个男人的名字，目光呆滞，偶尔她会哭泣，蜷缩在一个角落，脸上是掩不住的疲惫和失望，定定的眼里却又有着坚毅，仿佛望夫崖那年复一年的等待。

　　终于有男人走到女子面前，他说，我带你走。

　　女子被男人带到阴暗潮湿的屋子，他说，我可以给你想要的，你说吧，你要什么，你又会怎么报答我。

　　女子开始褪下自己的衣服，旋转，微笑，妩媚地笑，她说，我只是想找到安，但是我找不到，所以我想要遗忘。

　　她说，我可以在你面前脱掉所有的衣服，但是你别想碰我一个手指头。

但是，她还是和那个男人在一起了，因为男人在她面前说了一句话，你还小。

尽管男人眼里的是怜惜和欲望交织，尽管男人的手已经开始在她身上游移，她倒在了男人的怀里。一句，你还小，那是女子最心痛的一句话，一夜自语，安，我已经长大。

颜啸林说，我的故事完了。故事已经落幕，我对着镜子大口地喝下啤酒。香烟夹在指间。烟雾在房间上空渐渐形成暗灰色的云朵。美丽至极。我为之眩惑。

我笑着说，你要我怎么样。

离开颜晓，湛蓝，你是我的女人。颜啸林的要求就是这样嵌入我的心里，在他已是干枯的手落在我光滑的肌肤上时，我不再感伤，也许安也是如此的苍老了，颜啸林的影子在我的眼里化成了安的忧郁，我一次又一次地沉浮。如愿以偿地走进了我想去的地方，颜晓看不出我的表面情况，我竭力地给幽宁和他创造机会。

我终于明白，幽宁为什么恨我的原因，一个更是破碎的女子，我却得到了，偏偏又不珍惜，而这一切是幽宁最大的心碎。

[0 / 5]

现在的我，只是写字，只是一支一支地吸烟，沉默。

幽宁说，湛蓝，你的小说写到多少了，我说不出来话，早已经放弃，写不出来了，即便是真实的生活，也写不出来了。

她给我看她的日记，很决裂的感情，我才知道，她的爱如同我对安的爱一样，是那样痛心而隐忍。

她在日记中写道：

2002 年，对我来说是灰色的一年。无论春夏秋冬。我在这一年发现自己对颜晓的爱无法割舍，无人能替。无知了这么多年，终于幡然醒悟，却是碎了一地的残缺。爱是什么？曾经吗？真爱之于人类是否是永远的过去式？这样的想法让我恐惧。

爱或者不爱，始终是最难拿捏的部分。要到了此刻才明白，爱与恨并不相悖。它们其实是同一物体的正反两面。只是以不同的面目示人，实际上的本质完全相同。而冷漠，才是与爱对立的物体。于是，我看到了自己对于身边的人的漠不关心。其实这并不是我的本意。我希望每个人见到我都会感到温暖和亲切。可是事实恰恰相反，我控制不了自己的冷漠。我唯一能掌握的，就是我对颜晓的爱。从未停止过，是抽象的进行时；而人已不在，是具体的过去时。

忽然想大病一场。重感冒或者用碎玻璃狠狠地刺进肌肤，血流不止。有种醋畅淋漓的痛快。我一直是有这种自虐倾向的。隐忍了太久需要爆发。既然不能对着别人，只好把矛头指向自己，这是我所能做到的最好的发泄方式。

想念和爱一样，持续不断。在时光中渐渐沉淀，露出本来的

样子。萧索而孤独。想念是一个人的事情，不为人知也不能为人知。我常常想念他。在不同的时间、不同的场合、不同的人面前，神游到遥远的境地。仿佛站在他的面前，看他做熟悉而琐碎的事。清醒的时候才知是一场幻觉。才知道自己身在何处。实际上，我和他之间没有任何联系。曾经有过交集的生命，被硬生生拒绝，当作一片残缺的空白。以为这样就能忘记了吗？是什么让我们这样愚蠢。告别之后，往事已是禁忌。

我不知道颜晓是否爱着我，如同我爱他一样。我早就丧失了猜测和想象的立场。我只能日复一日源源不断地进行我的想念。他能否感觉得到我不得而知。从某一时刻起，我失去了和他之间强烈的心灵感应。这让我感到恐慌。这是否代表，他不爱我？我宁愿他只是恨着湛蓝的，这样我就有足够的理由说服自己，他只是选择了比较激烈的方式来表达无处可逃的感情。

走在路上的时候，常常可以听到颜晓在后面喊我的名字。惊喜地转身，却发现身后空无一人。坐在残破的路旁石阶上，旁若无人地大哭。那一瞬间天地间空寂无比，仿佛只剩下我一个人，和耳边幽幽传来他呼唤我的声音。这样的幻觉时常出现。从此我再也不敢一个人走在路上。我害怕自己因为承受不住幻灭而崩溃。爱一个人爱了这么久，爱到这么深，是我无论如何都不能想象的状况。然而它却真实地发生了。明了的时刻我心中大恸却于事无补，是再也不会回头的了。

年少往事，甜美如昔。而我已长大，所有的甜美是心底最脆弱的记忆。反复的想念，越来越多的疼痛。后悔吗？是的。这是我生平唯一承认后悔的事。然而那后悔药却是没处买了。只好睁大眼睛看清楚，不要再做出任何让自己后悔的举动来。恐怕是不会有了吧。人的一生只有一次真爱。错过了，就不会重来。

二十几岁的年纪，总爱说自己老。眼前的世界是一片雾蒙蒙的灰色。所爱的人离开了。幸福一无所剩。怎能不老？我又在说老了。恐怕要惹那些真正老去的人笑话吧。他们却哪里知道，我老的是心。在某一时刻骤然老去，不留一丝余地。颜晓总说我像个孩子。而这个孩子，在他离开的时候一并离开了。瞬间长大，然后垂垂老矣。

曾经发誓不再想他，不再爱他。也许会遇到另外的人，开始新的生活。然而他时时刻刻如影相随。我终于投降。爱是不能勉强的，我选择顺从自己的心。

听王菲的歌。《不留》："我把心给了你，身体给了他……"终于泪如雨下。终于明白，原来自己对待自己是这样残忍，什么都不留。我认真地画画、写字。既然决定要用一生的时间来坚守这场爱情，就给自己一点喘息的空间吧。放些心力在其他事情上面，才不至于灭顶。其余的时间，我全部用来想念。记忆中那些模糊的残缺的片断和他的脸一起出现。我抽着烟，泪流满面。寂静无人的大街上，我用力地奔跑。直到心跳加速，无法呼吸。停下来的时候大口大口地喘气。我问自己，怎样才能抚平心中汹涌的疼痛？没有答案。颜晓，如果我给你生命，你是否可以放过我？

我终于绝望，一切，原来没有答案。

2003 年，我看到的世界是一片空茫的灰暗。行人匆匆的脚步从我身边掠过，没有一个人是他。我累了，再也走不动。疲惫而隐忍地站在人群之中，绝望地想念。

眼前是一片空茫的黑暗，无法言说的恐惧。我已走到了世界末日，转身的时候看不到曾经爱过的人，他在世界末日的荒凉中消失，我在绝望中悲痛至极，却流不出一滴眼泪。被掏空的身体里有巨大的疼痛在回荡，然而，我不能发出任何声音，所有的喜悦和爱在呼啸着的风中残忍地破碎，再也拼凑不出原来的样子。我一点一点地拾起凌乱的关于过往的记忆，多年以前就已经是这样的结局，而今我终于看到了，永远空旷而荒芜，一直延伸到世界末日的尽头。

我一点都没有夸大其词。

是真的。两年，缓慢又迅疾的时光。没有你在身边，我也渐渐习惯。只是，偶尔在梦中惊醒，仍然会恍惚伸手去探寻，你曾经习惯的位置。是冰冷的墙壁。七百多个日日夜夜，我独自睡在异乡的城市。由陌生到熟悉，再到厌倦。

人对于某些接触时间过长的人事总会有厌倦。可是很奇怪，我从未对你厌倦。那么，我是否可以解释为你是我一生中唯一例外。因着幸福喜悦而衍生的例外。我欢喜这例外。

颜晓，纵然你从不懂得我的自卑，亦不知家庭的阴影造成我内心缺失。你仍然竭尽全力给予我爱和包容。是温暖，可是，我却不能留在你身边做你温柔静好的妻。我的内心充满因缺失而无力抗拒的恐惧。所以我只能离开。而我亦明白，这是我唯一可走的路。

颜晓，我一直相信。你会在她的身边长成坚强沉稳的男子。她亦会一生做你温柔静好的妻。那时的你亦不会知道，离你而去的女子曾经出现在你们的婚礼现场。躲在角落里远远观望。颜晓，你不会知，在那一刻，连幽宁其实已然死去。走吧。走得远远。不要回来。这里已没有你可以停留的位置。没有往事，没有语言。

颜晓。我们的爱，是一片寂静的海。暗涌着疼痛。故事已经落幕，我却日夜沉醉其中。不肯走出来。究竟，是怎样的一场相遇，让我们在离开之后，仍然流离失所于爱情，惶惶不安。注定了属于离别的人。根本没有喊痛的理由。是自己要的结果。纵然爱他，仍然爱他，却再也无法回头。为什么他不是可以陪伴我一路同行看尽风景的人？

[0 / 6]

我无法让自己不哭泣，两年来，我们都抛弃了自己和自己的爱与被爱，三个人，三个城市，决裂而又迷茫地寻找着祝福着，却原来都是一场错过。一直相信，恋爱中的人是快乐的。可以无限量地接受对方给予的温暖，然后把自己的关怀同样送到那个人的身边。体会着被宠爱和交换的快乐。幸福的感觉随时随地。也许是一个眼神，也许是一个拥抱。

年轻的孩子，可以谈一场恋爱。在情绪低落的时候，仿佛无伤大雅的游戏。体会轻松和愉悦的过程。无论如何，都有收获。所以我离开，以为给幽宁选择，就是给她快乐。我却忘记了她是爱的，真正爱上一个人的时候，会懂得痛。快乐计划是从痛中分离出来的，不是单独存在。那种温情的暧昧的感觉夹杂着疼痛。连呼吸的瞬间都感觉得到。

我也是爱的，对安，那种撕心裂肺的痛，很久很久，几乎以为要失去的时候，他忽然出现，那种痛更是难以承受。明明已经抱住他，明明已经把自己藏在他的怀里，却痛得感觉不到丝毫拥有的喜悦。

爱那样短暂。是我倾慕的美极的烟花。于夜空盛放的时刻忍不住泪流满面。那其实是爱。是我一直想抓却抓不住的东西。而今终于耗尽绚丽，归于沉寂。仿佛一切都没有发生过。只有自己知道，他被烙印在生命中最重要的位置。撕裂的疼痛。在爱中骤然长大的孩子从此懂得了什么是痛。终于有了平和的面容。那些生命中尖锐而凌厉的线条如今已是一条圆弧。终有一天，会画成一个圆。那是生命完结的时刻，是快乐和痛一并消失的时刻。

　　我疯狂地迷恋上上网，他们都以为我是一个穿着花衣服的少年。讲粗口，手边夹着香烟。招摇过市。没有给他们解释过我不是，没有必要，我只是在寻找，寻找一个叫安的男子。

　　或许我曾经有过那种激越和浮躁的生活，但是我已然平息。我已然站在河流的彼岸，学会了沉默以对，关于日出和日落、潮涨和潮息，我依旧手里夹着香烟。这是不会变的。但是我开始穿白色的衬衫和外套，卡其色的棉布裤子，舒适的帆布鞋。脸色灰白而淡然地走在人群之中。那是夜晚，因为我惧怕阳光。

　　视频忽然亮起的时候他们都吓了一跳。想象中那个可以勾肩搭背的兄弟竟是一个面目模糊的女子。抽烟的时候表情沉溺，像极吸毒。然后我轻轻地笑了。有恣意和纵容的味道。其实这所有人都被我隐藏的面目所欺骗。我其实不能与任何人做兄弟。我只是个平庸的、善于欺骗的女人。我的手里时刻夹着那支香烟。这终究无法改变。

　　后来我轻轻地关了视频。电脑前忽然一片模糊，沉寂无语。我想起那些江边的夜晚。我独自抽着香烟，隔着空灵的彼岸想念。安不知道。而他们，只是与我共同度过了那清寂的时光。却始终无法带来和带去什么。灵魂在彼时擦肩而过。我所记得的只是安，只有对他的想念。

再后来，那盏视频的灯没有再亮起。但是许多人已经知道，那个文字似激越似平息的少年其实只是一个毫无特别之处的女人。因着平庸而起了这许多的幻想，这终究是要破灭的。于是我没有与他们做成兄弟。

彼岸的灯光亮了。明明灭灭间的所得与所失。我还在江边。燃起了那支烟。我想安应该知道。沉默，已是孤独的极致。

[0 / 8]

很久没有上街去过，无聊的下午，去逛街。在一间店里见到ZIPPO的打火机。是喜欢了很久的款式。亮蓝，橙，大红。机身上写着ZIPPO的字样。小巧轻薄。放在手里把玩了很久。买了亮蓝色的ZIPPO打火机，在店门前为自己点燃了一支香格里拉。外面的风很大。我把衣领系紧，戴上帽子，一只手插进兜里。边走边抽烟。风吹得我浑身发抖。街上的人很多，悠闲地逛着店铺。

回家后突然来了灵感，然后写字，很情绪化的小说，分别让主人公自己讲述自己的故事，很多时候我喜欢这种剖析心理的叙述。

湛蓝：

很想回到从前，神采飞扬的样子。戴大大的银圈耳环，辫子梳得高高的，戴一顶 GIORDANO 的登山帽。素净清澈的脸，干净的眼睛。顾盼流转中全是愉悦的笑意。穿纯棉的无袖背心，舒适的牛仔裤。人群中张扬而美丽。是那样快乐的女子。

自从我弄丢了那个名叫安晓的男人。所有的张扬和美丽已成为昨日无奈地想望。有时甚至怀疑那样的自己是否真的存在过。

很难相信，我已隐忍而沉默。人群之中，再也不会有人注意到不发一语的女子。穿黑色的男装外套，灰蓝色的牛仔裤。面容模糊疲惫，脸色黯沉，右手的食指和中指间经常夹着一支烟。手指被烟熏得焦黄。烟雾缭绕间神情淡漠。偶尔会深深地吸一口烟，表情沉溺。

我不停地写许多黑暗阴郁的文字，抽很多的烟。我只是想写下记忆中所有和他有关的东西。不允许自己忘却。即使在提起的时候，满身疼痛，近乎崩溃。

我没有安晓的照片，没有关于他的任何东西。那些东西早在离开的时刻就已经破碎，成为禁忌。我只允许自己想念，凭空地想念。睹物思人，是我不会做的事。记忆已经是无法承受的疼痛，更何况和他有关的东西。

我对网络上的陌生人讲我和安晓的故事。得到无聊的回复。"不相信"或者是"回去找他"之类。我发现在很多时候，心里深埋的痛是别人一笑置之的故事。也许只是一个攀谈的借口。我不再找陌生人聊天，即使独自一人面对无人的 QQ。

安晓：

我至今仍记得湛蓝的样子。她是漂亮张扬的女孩。我们兄弟几个的女朋友里她最漂亮。个性也好，活泼大方，做事很有分寸。

每个见过她的人都喜欢她，说她很可爱。湛蓝特别喜欢穿纯棉的衣服和牛仔裤。说也奇怪，无论多简单的样式，穿在她的身上，都别有风味。

她是个性十分强烈的人。很难让人忽略。

我比湛蓝大两岁，可是感觉上好像比她老了很多。她一天到晚精力充沛，带着大大的笑容蹦蹦跳跳。很少有安静下来的时候。她是我们大家的开心果。我是内敛和外向兼具的人。对于感情，很少挂在嘴边。

可是我对湛蓝说，我爱她。我从没对一个女孩说过这样的话。

湛蓝是第一个，也是唯一的一个。

我感到幸运。茫茫人海中，能找到真心所爱的人，是多么不容易的事情。我十分珍惜这份感情，我甚至想娶她。

我曾经对她说，我们结婚吧。

可是她满是笑意的眼睛瞬间冷却了下来。她说她不想结婚。

我开玩笑地问她，难道你一辈子都不结婚吗？

她说是的。

我这才感觉到事情的严重性。

我爱的女孩是个拒绝婚姻的人。我该怎么办？

柱子：

我是安晓的朋友，我们从小一起长大。

湛蓝是他的女朋友。一个漂亮有个性的女孩。我对于他们的感情很乐观。湛蓝绝对是一个好女孩。

可是我发现安晓最近的情绪很低落，湛蓝也不似往日的活泼。

我悄悄地问安晓，是不是发生什么事了。

他说，湛蓝不想嫁给他。他说湛蓝根本就不想结婚。

我不知道事情会变成这样。在我的心中，他们是天造地设的一对。我不知道该怎么安慰安晓，我想我应该找湛蓝谈谈。

我问湛蓝，"为什么不想嫁给安晓。难道你不喜欢他？"

湛蓝说，"喜欢就要嫁吗？我不想嫁给任何人。现在这样不是很好吗？"

"那你们一辈子都要这样吗？结婚有什么不好？"

"结婚不好。结了婚如果再离不是很麻烦吗？我可不会像爸爸妈妈那样，弄得整个家支离破碎。"湛蓝的声音变得很尖锐。

我霎时明白，她是受了家庭的影响，对婚姻有了恐惧。这个问题就不是我所能解决的了。需要安晓和她好好沟通。

我对安晓说了湛蓝的心态，让他和湛蓝好好谈谈，争取解开她的心结。

安晓恍然大悟。他说，"其实湛蓝是个可怜的孩子，我们不应该责怪她。"

安晓走后，我的心里忽然有了不好的预感，湛蓝的心结恐怕不是那么容易就能解开的。

湛蓝：

安晓居然想和我结婚。我是不会答应他的。我不会像爸爸妈妈那样再造成一出家庭悲剧。我很爱他，我想和他在一起一辈子。但是并不代表我会嫁给他。像现在这样同居不是很好吗？和结婚没什么分别。

我承认我很害怕。我不想见到和安晓反目成仇的样子。就像当年的爸爸和妈妈一样。我爱他，我一定要避免这种情况发生。我从没想过会有这样的情况发生。

实际上，我也很迷惑，不知道该怎么办。他会怎么想呢？会不会对我很失望。我好害怕他对我失去信心。

我现在除了他，什么都没有。

安晓：

湛蓝是个固执的人。我不知道该怎样说服她。

我知道她一旦决定了的事就不会更改。她会为了我破例一次吗？

柱子说得对，现在的问题是要解开湛蓝的心结。可是那个结已经在她的心灵根深蒂固了。解开恐怕不会是容易的事。哎，明明一切都好好的，怎么会忽然变成这样？

湛蓝。你要我拿你怎么办？

湛蓝：

爸爸的一个朋友在 N 城。他在那里投资了一个新项目。要爸爸过去帮忙。爸爸要我也过去。他说我从小就没有离开过他，这次就和他一起出去，长长见识。

我听到这个消息的时候脑袋一片空白。我完全惊呆了。我和爸爸去 N 城，不就是要离开安晓吗？

我要如何对他开口。我要离开他，甚至不知道什么时候才会回来。

安晓说，"留下来，和我结婚。要不然你就走，永远都不要回来。"

他已经下定决心，解决我们之间的问题。

"如果我坚持要走呢？"我说。

"那我们现在就去登记，你带着结婚证书走。"我看着安晓坚定的眼神，知道自己这次是非做出个选择不可了。

我闭了闭眼睛，狠下心说，"我不会和你结婚的。我要和爸爸走。我们分手吧。"

安晓难以置信地看着我。他不发一语。过了很久，转身离去。我一个人站在那里。仿佛世界末日的萧索和荒凉。有泪水无声地流下。

他终究还是没有开口留我。安晓，你可知道，我说分手的时候，心里有多痛。

尾声

安晓和湛蓝终于是分别的结局。安晓有了新女朋友，据说那个女孩喜欢他很久了。安晓对朋友说，就当作自己在做善事。现在的安晓，不再触碰爱情。他说，他一生中所有的爱情已经给了一个叫湛蓝的女孩，再也无法给任何人。湛蓝成为冷漠阴郁的女子。她知道自己不会再爱上任何人。只有安晓。他是她生命中所有的甜美和喜悦、禁忌和诅咒。她安静而隐忍地站在人群之中。她轻轻地说，"安晓，我爱你。"然而安晓，再也没有出现。人潮如织，却没有一个是他。

[0 / 9]

没人想到我会写字，包括我自己，只是放弃了很长时间的叙述，我有些忘记我最初的目的是什么，只是为了悼念，还是其他。我只是编造着一个又一个故事，爱的、不爱的故事。

我知道自己从来没有得到过什么，包括我在颜啸林怀里的时候，他眯着眼睛看我，湛蓝，你真的是幅天然的油画。

简单的话，是赞赏还是另有所指，我从来不问他，我们只是索取，彼此索取。我让自己尽量用最温柔的声音说话，像黄鹂，画眉，或者比那些更动听的声音，啸林，那是我们的秘密，好吗？

不，不是，我只是不想回忆而已，我答应你，离开他。事实上我从来就没有爱过颜晓，也许这样的借口更能让我分得决裂干脆。

$$\frac{178}{179}$$

10
爱 情 独 角 戏

你不停地诉说，可是你忘记了，
当你越想记下，你偏偏遗忘。

·······························

你生存的价值是不存在的，因为你孤独，
而张楚曾经唱道：孤独的人是可耻的。
你生存的路上没有标向，没有执着，没有任何故事和人物。
他们都说你是最爱，说你是个有故事的女子。

其实你只是一个虚无的傻瓜。

安，我爱你，我一直都爱你，你给我一个答案啊。我还是愤怒，身体里全是被孤注一掷的欲望点燃的火焰熊熊，我不想让自己再有后悔。

安的目光抛向远方，湛蓝，你不懂，我老了。

啪，一声清脆来自天籁，我惊呆了，安的脸上没有表情，只有我流下一行泪水，他笑，他居然开始笑。

安微笑着擦去我的泪水，他的手指划过我的脸，很粗糙的，让人不自觉地想起老榆树身上那干涩的死皮。

我说，安，我要嫁给你。

他不说话，从头上拔了一根发给我，拍拍我的肩膀，慈祥地微笑着，转身离去。

我终于虚脱地倒下，等了十年，最后，他用自己的方式提醒彼此，他比我大15岁。我冷冷地看着他的背影，他的脚步在我的泪水里开始蹒跚沉重，他真的老了吗？

这算是拒绝？我低低地询问，带着绝望。

他迟疑，没有回头，继续离去，终于离去。

[0 / 2]

　　夜里，依旧睡不着，很多年前的我，就是这样习惯性地趴在窗台上看安吹柳笛，现在没有了那古色古香的窗台，有的只是一座又一座的高楼大厦，透明的让你觉得随时会碎掉的玻璃窗。

　　身上的睡衣早已是淡雅的白色，一个女子到了 24 岁，无法再去追求什么前卫，想要的就是安静地守着自己的最爱，守着一片洁白。只是曾经沧海，已是满满一纸墨迹的记事本如何能恢复到无字的空白。

　　接到安的电话时，我正漫无目的地在大街上游走，坐上603，喜欢这种两层的公汽，爬上楼梯，坐在二层最后的一个位置，脸贴在玻璃上，感受着冰凉的气息。前面坐着两个学生，相拥的背影像极了云姨的画，这个念头出现在我脑海时，我惊呆了，十年了，我原来还是一直牵挂着的，那张影响了我多年的画面。

　　女孩说，你会爱我一辈子吗？

　　男孩说，会的。你等我回来。

　　听见女孩的哭泣，她说，今天晚上你在我那里住吧，好吗？我怕你走了会忘记我。

　　不，不会的，我会很快回来的。

　　两个人旁若无人地拥抱着，哭泣着，我的眼眶也湿了，电话响起，是安，微弱的声音，他说，湛蓝，我在北大街医院，等你。

安，你怎么了？不等我的话说完，对面已经传来嘟嘟的忙音。

焦虑，不安，车到站，下车，回头看见女孩竟然挂着泪珠微笑地在男孩怀里沉睡，也许他们还有几站路，我匆匆下车，心里祝福着，相爱的人是幸福的。

只是一个星期未见，他却已衰老不堪，我惊呆，安，怎么会这样。我看到在他突出的血管那里有割过的印迹，割腕？我摇着头不敢相信如此稳重的男人会如此愚拙。

也许，我早该随她去了。他幽然。

然后，我看到云姨的照片被他颤颤地递过。随之，还有云姨的财产遗嘱，醒目的继承人姓名，湛蓝。

撼人的日期是，1993年12月30日。耳边似乎响起哀乐，这种幻觉不知道是从什么时候开始的，我常常会因为一些莫名其妙的言语或者场景而出现幻觉。

我开始哭，先是抽泣，最后号哭。云姨，对不起，我错了。我一直都知道，我爱你，可是我偏不回答你，其实我什么都清楚，你是我最亲的云姨。

他的声音很小，小到几乎听不见，可是我还是听见了。湛蓝，其实你并不知道，云难过的不是你一直的冷漠，而是不能与你相认，她其实就是你的亲生母亲。

是的，我一直都知道，什么时候知道的却已经想不起来，记忆有的时候总会出现断电，仿如一朵花在绽放时听到爆裂的声音，然后从花茎那里直直地被砍断，也许这样更是为了长久保持一种状态，我不愿看到花枯萎的残败。我的哭声戛然而止，空气静得让人寒怵，他的声音却无情地在静寂中咆哮。

[0 / 3]

30 年前，他是喜欢柳笛的男生，她会静静地陪他河畔倾听，偶尔笑，安，长大了做我的小老公。

六年学画，他叫她师姐，她指点他完成一幅又一幅幼稚的油画。她 18 岁，却是深谙男女情事，看他笔下生涩的人体，笑，安，不曾经历怎会完成。他不懂，15 岁的男孩什么也不懂，包括师姐诱惑的笑。尽管，他早已认定，她是他未来的妻。

15 岁便可出国，他惶恐突来机遇，她拈指，安，我教你完成。面对她赤裸的暧昧，他惊恐逃脱。只说，师姐，等我回来，却不见她眼里无奈的伤楚。10 年后归国，他早已功成名就。再见她，却已是 10 岁小孩的母亲。原来他走后的第二天，她便做人情妇，代价是为他换得出国深造的机会。

他骇然，欲再续前缘，她却若即若离。他长叹，即便完成也无法经历，不如放弃，终不再作画。

得知她心口最痛，是女儿自幼忧郁。他提出帮她，庆幸与此

女甚是投缘。看她欣慰，他再言爱时，却发现她含笑九泉，留下
那曲来生再见的《天堂之约》。

[0 / 4]

　　为什么不亲口告诉我，我是她的女儿？说话时，我异常
冷静。决绝是在最脆弱的时候潜入的，最伤心的时候却流不
出眼泪，激动不起来，白色病房里，我和安四目相对，没有
碰撞出火花，我安然，他默然。

　　云知晓，自己的身份会给你带来诸多羞辱，何况，她曾
提起，你也不愿。云深爱你，怎会让你因她的风流而受辱。

　　我木然，往事历历再现。又深又长的巷子里，我低着头
穿行在身后一群孩子的嘲笑声中，云姨花枝招展地扭腰而来，
冲着那些孩子大喊，都走远点。

　　我只是怯怯地看，不吭声，待到云姨过来牵我的手，却
固执地不愿意将手放进她的热情中间，孩子气地怨恨着，她
为什么要如此艳丽地出现，而我的身上却是因她被那些垃圾
扔到后的痕迹。一个人安静地走，也曾听到她偶尔的叹息和
抬臂掩饰眼角的湿润，然后孩子毕竟是孩子，我始终无法让
自己和她走在一起，尽管我的一切来自她那里。

　　总是会认为耻辱是云姨带给我的，根深蒂固，所以我一

直孤独地走，装作冷漠地对待别人的嘲笑，以固有的姿态来表现自己比同龄人成熟的一面。虚荣心其实是一个很微妙的东西，你越是害怕，它就越是往深处扎根。

他继续，云早已离去。那每个月的汇款是我遵她的遗愿，不让你知晓她的消息，怕你会伤心。一直看你无动于衷，不去过问太多细节。我以为你是太小，就等你长大，不承想，你早已悄悄长大。

安的声音越来越小，病房外，凌乱的脚步声已经压过他的声息，其实很多的东西都已经无须再讲，很早就明了的真相，只不过一直隔着一层纸，谁也没有捅破。我颤抖，这张纸一旦捅破，是否也预示着我的等待就此破灭，失望与希望永远是并肩的，那么成正比地昂首在我面前，我开不了口，却无法将它咽下去。

房间外有女人的号叫声，你怎么就这样走了，我还来不及给你说一声我爱你啊。然后听见旁人的劝说，别再难过了，有的事情是注定的，错过了不能再回来。

我和安面面相觑，如果说这样的话也是安慰，那么倒不如直接在她的伤口上撒一把盐更为干脆。

良久，我根本没有任何希望地开口，甚至我不敢抬头去看他的眼睛，安，那你爱过我吗？

外面的声音渐渐地远去，女人哭泣声淡了，一切又恢复了寂静的状态，我可以听得到自己的呼吸，和输液管里那一滴一滴葡萄糖水流下的声音，充斥着苏打水的病房一直不是我能适应的，从胃里泛起恶心的酸臭，我转过身扶着墙，捂着嘴深呼吸，尽量使得自己能平息想呕吐的反应。

湛蓝，对不起，我知道，无论回答是与否我都愧对云和你。所以，请好好生活。

安的声音突然像从另一个时空传过来，久远的样子，我回头，他对着我微笑，突然的灿烂，那一束灿烂就像当初我们刚见时的犀利，可以射瞎我的眼睛。来不及将那一句惊呼从喉咙传出，大脑的运转还是比眼睛迟了一步，看见的是他刀片用力划过的血渍模糊镜头。

我再次昏厥，从小一见血我就会失去理智，失去知觉，只不过这一次比较严重，人生最大的痛苦也许还有一点，那就是眼睁睁看着自己爱的人离去，不是无能为力，而是忘记使力。玻璃粉碎时，那一声清脆是响亮地在耳边，碎片划破的却是心底最痛的那处。

醒来，他已进手术室。我只有笑，无比灿烂，无比从容。安，好美丽的故事，原来你也是编故事的高手。笑到最后，泪终于流下。

我无力瘫软在冰凉的地面，苏打水的味道窒息着鼻孔，来往的人偶尔回头看我的狼狈不堪，还是泪不住地流着，傻笑。

半个小时后，手术室的门开了，我站了起来，竟然失去了语言能力，只是机器一样地呆立在医生面前。好年轻的医师，金丝边的眼镜，我试图使自己轻松一点，然后竟然呆滞地抬起胳膊，伸手想去摘他的眼镜，他的眼里闪过惶恐和不安。

躲开我的动作，他讪讪发笑，一边取下白色口罩，一边退步，你，小姐，你节哀顺变吧。说完话就急匆匆地离去，仿佛我是一只怪物，或者说是精神病患者，时而会回头看一下，我微笑以对，他便跑步离去。

尴尬十年，方才明白，原来，世界上唯一能抛弃你的，只是自己。

他走了，带着《天堂之约》的梦走了。

[0 / 5]

安的葬礼是我一个人完成的，安和我一样，我们都是孤独的人，没有一个家，为了一种爱情努力地成长着，生存着，我说，安，我给你一个家。

我拒绝和任何人联系，在此期间，幽宁给我打过五次电话，发过十五个短信，我不知道她是从哪里听到安的消息，然后只有一个内容，就是，湛蓝，保重。

我想，也许我应该去找她，看她那种让自己逃避在无意识中的低调生活。经历了很多事情后，她变得很冷漠，包括手机的电话号码也只有我的，但是我们也有很长时间没见面了，只是听她说过和一个女子如何牵绊后，最后辗转于各大城市的夜总会里，她说，她想要的就是麻醉。

　　有的时候卑微的自尊，让我会偶尔经过路边的那些女子面前时投过鄙视的目光，比如每天晚上，我会在广场那里看到一些浓妆艳抹的女子风骚地靠近一些男人，而后便装如情侣样地离开，也许完成着、交易着一些东西。

　　也会想起云姨，想起时就会泛起淡淡的痛，人的成长过程中那些灰尘与肮脏，或多或少地遇到，然后又会很深地烙刻，影响着她以后的很多观点，导致心理若有若无地扭曲，湛蓝，便是如此。

[0 / 6]

　　凌晨三点半的时候，幽宁又打来电话，窗外的风呼呼地发出哨音，从楼上看下去，路边仅有的几个路灯昏暗不清地蜡黄着脸，把几棵没叶子的树拉得老长老长地拖在地上，悲哀着，苍老着。

　　湛蓝，我想看到你。幽宁的声音微弱得像快要死去的生命，无缘故的我会联想到枯萎的玫瑰，寂寞的声音从电话线里传过来，仿佛经过了一个时空隧道，又似乎就在身边枕旁，遥远又亲近。

　　我不说话，一手拿着电话，一手在柜子里翻着，也不是在找什么，只不过是一种无意识的行为。

湛蓝，我好久没有听到你的声音了，你见他了吗？

幽宁还是提到颜晓，我的手静止在那件血红的睡衣上，是我第一次拿死来吓唬安的那件衣服，时间是不停地朝前走，可是为什么记忆总是在不停地倒回去。

我没有。从喉咙挤出一句话，我方觉得喉咙像被什么东西撕裂开来，不知道失语是一种什么概念，也许长时间不开口，是会如此。

我过段时间去看你，说完这句话，我的眼前开始晃动，血色的星星在我眼前跳跃着，我说，幽宁，等我。

很久以后，不记得是过了多久，那一段时间里我丧失了记忆，常常会有这种情况发生。我耳边不停传来玻璃碎裂的声音，清脆，疼痛。但是我不知道自己身上发生了什么。天已然大亮，阳光洒满一室，风从洞开的窗子吹进来。

天气出奇地好，我突然想上街，晾一下发霉的心情也是必须的，翻开许久都没有打开的电话本，其实根本是徒劳，因为我身边就没有所谓的朋友。最后挑拣出一个觉得号码不错的打过去，结果是空号，很长时间没有和人交流过，人们都以为我已经蒸发，换了号码也不会想起通知我，事实上我的确也是消失了许久。

人是如此，没有价值了，便不再想起。

我喊，安。没有人回答我。再喊云姨，风吹动窗帘发出凛冽的声音，我发现房间里只有自己。不，是整个世界，除却阳光和风，舞动的窗帘，整个世界只剩下我一个人。

想哭吗？是的，很想。

不知为什么眼睛干涩刺痛。

[0 / 7]

浑浑噩噩地在街上游走，从批发街走到大商厦，从小吃城跑到菜市场。对于白领以及那些高官富贾的气息，我没有太多的感觉，相反却更加让我窒息。

走在回民一条街，买小包子，喝简单的水，一直不停地有人在我旁边走来走去，很乱，但是也很熟悉，这样的混乱和刺耳的声音，是对童年的一种过映。

有点印象的是，6岁那年，巷子口有个中年妇女，推着一辆单轮子的车，车上是一口不算很小的铁锅，外带一张小桌子，两张很矮的凳子，一摞黑漆漆的瓷碗，香味总是从锅缝里飘出来。

每次去上学，刚好遇到她慢慢地放下车子，把桌子、凳子、碗全部都摆好后，会扯着嗓子喊一声，胡辣汤，热的胡辣汤。

喊得抑扬顿挫，然后是一口标准的不是陕西腔调的外地音，现在想起来也还是没想出是哪里的，也许是河南的，总之当时对于我而言，她沙哑的声音比音乐老师的歌喉还美妙。

想象是一种很纯洁的事情，因为你可以把好的不好的，所有的你认为是好的，虚拟成你的思维。

于是在我眼里，因了那碗让人口水直流的胡辣汤，便也美化了那中年妇女，尽管她白色的卫生帽比我灰色的书包还有重点色，也不看她指甲里那黑黑的污垢，甚至她会在给你盛汤的时候抓一下头。

云姨是坚决不给我吃的，而我偏又是馋了的，于是经常会有游击战。

时至今日，我仍是恋着，那一碗热的胡辣汤。

[0 / 8]

黄昏，在世纪金花广场散步，看到一些年纪很小的孩子，使劲地拉住过往的一些男女，说一些恭维的话，然后销售手里的花，很多时候我常常在想，那到底是月季还是玫瑰。

听一个孩子说过，他没钱到花店去买花，可是又想要钱，于是就在深夜的时候偷公园里或者路边的月季，第二天拿来高价去卖。

曾笑问他，一朵那样的花便卖高价，别人会买吗？

10岁左右的孩子，语出惊人，我的花是代表爱情了，当然贵了。

的确，所代表的意义不同，便也是贵贱之分了。

而往往那些女子，便也被这些虚荣所收买，我亦是如此，岂不知，我盼望一束玫瑰到何种疯狂。

有风袭来，些许的冷，站起身，欲走。

旁边有卖花孩子的话让我惊叹，叔叔，买朵花给阿姨吧，看阿姨多漂亮啊。

回头看时，一男子怀中明显一般的女孩，但因了此话，脸上泛起羞涩的红晕，反而美了。女孩期待地看着男子，似乎有意向要花。

卖花男孩很有眼色，更是会说话，叔叔，叔叔，买朵吧，刚好给阿姨求婚呢。

女孩羞得低下头，男子也笑了，小鬼，好吧，多钱。

给叔叔便宜点，三朵是我爱你，叔叔给一百块吧。

我吃惊，狮子大开口，彩灯浑浊的光照在男子的脸上，我看到他有些迟疑的吃惊，犹豫了片刻，他笑着问，怎么这么贵啊，便宜点。

女孩似乎不太满意男子的表现，女子从来如此，我也不例外，倘若一朵花便能将爱情凝聚，那么爱情又似乎过于廉价。

一百块便能买来我爱你这么沉重的承诺，情何以堪，而三朵也许只是野地的花，便叫价一百，物质与精神的等值便是如此，心痛，心疼。

卖花男孩听到男子如此的话语，面露不屑，难道爱情也要打折吗？

一时间，当事者、旁观者无不木然。

爱情要打折吗？能打折吗？买花人，卖花人皆已离开，唯我木然，空白一片的大脑四处飘荡。

[0 / 9]

杜拉斯说，人在生活中对某些东西爱过一次，是否必须永远爱这些东西？我不能解释这种思维，就像那几百片的安定片滑进我喉咙时，我无法解释那种卡在其间、上下不能的郁闷，唯一可以解释的是，我对安爱过一次，然后永远都在爱着。

我在曾经濒临死亡的时候，看到安，他是那么焦急，然后我听到玻璃的碎响。褪掉衣服，听到欲望在血管里咆哮，身体里已经有灼热的因子在剧烈地燃烧，很坦白，也很脆弱，骨子里的寂寞和心底的烙刻始终无法成正比。

女人，便是如此，我从不例外。

"如果你只喜欢同一个男人做爱，你就是不喜欢做爱。"杜拉斯的话总是影响着我，影响着如我样的女子，只是肤浅，不曾深入了解。

经过着，路过着，身边的男子熟悉而陌生的，天亮说分手，天亮还是朋友，种种如一地演绎着。一个男人在三步靠近我之后，看到我理所当然地在手腕上划下三刀，他冷笑又鄙视地看着我，你在证明什么？

我安静，应该是冷静，任血流下。

我只是一具没有声息、没有性别的躯体。灯下，我的身体发着光，闪闪如鳞片，鱼样。或许我可能会是一尾鱼，只如在湛蓝的最深底处嚼一瓣瑰丽的珊瑚，流一滴分辨不出的泪水，说一句，我在你心里，你看不到我的悲哀。

白色床单上大片干涸的血迹，触目惊心。记忆瞬间涌入脑海。

从安的葬礼回来，我陷入一种前所未有的绝望，是的，绝望。类似于丧失所有意念的绝望，甚至于停止呼吸。

或者说，我已经忘记了呼吸的感觉。生命的气息正在逐渐离我远去。

[1 / 0]

我拿起了那把刀，我一直喜欢用它切水果，喜欢看它锋利尖锐地切割饱满多汁的果肉。

我的手臂同样鲜活，充满丰富的血液。我看到青紫色的筋在肌肤下爆裂开来，几乎要冲破单薄的皮肉。我把刀锋对准自己青紫爆裂的筋脉，狠狠地割下去。血液喷涌而出，那个瞬间我眼前闪过许多人的影像。即将陷入昏迷的时刻，我对安说，亲爱的，我很快会和你在一起。疼痛在瞬间侵袭了我。那真是令人难以忍受的痛楚，我很想在一秒钟之内见到安，但是没有，大量血液顺着伤口流出体外，我的手腕细弱孤单地暴露在微凉的空气里。

一边变态地感受着痛的快感，一边拨通幽宁的电话，听得出她那边很嘈杂，她的声音有些尖利，我还来不及开口，她就急急地说了一句，湛蓝，明天我给你打过去，有事。

思维还静止在拨电话那一刻，时间已经旋转到话筒里传来的嘟嘟的声音，隔壁传来动感的音乐，想必是刚搬来的学生又在搞什么聚会，年轻，就是好。突然觉得自己好苍老，看见过隔壁的那个女孩子，很时尚的那种，有点像芭比娃娃，让我想起自己16岁的时候，不过我更多的是一种沉沦，而她们的另类则是用张扬来体现的。

从冰箱里找到果汁，大口地灌进嘴里。

手腕上的伤口已经愈合，伤疤狰狞丑陋，我决定不去看它。不喜欢的东西我一直忽略存在。这就是一个理想主义者的生活态度。也许，可以称之为逃避。

在超市给自己买了一套干净的衣裤，鞋子刷得很干净。白色的T恤，牛仔裤，旧的帆布鞋，头发尽数地散落下来，在后背蔓延。如同水藻，妖娆美丽。我决定离开这里。离开曾经住着所有人，如今剩下我自己的城市。我看起来孤独而狼狈。

我没有带走任何一样东西，我两手空空。坐上南下的火车。

[1 / 1]

二十三个小时以后，我到达深圳。印象中繁华颓靡的城市。没有和幽宁联系，联系到一个很久以前认识的鼓手，借了他的屋子。

他叫安顿，同样寂寞的人，他在等待着一个曾经追逐过他的女子，他说，因为曾经的无知，失去了她。

他的鼓很有激情，我每次都在听到的时候想要呐喊，他告诉我，那个女孩子后来到了深圳，便无音讯，他在等。

世界上真的有卖后悔药的吗？也许会有，只不过要用一辈子去做药引子。

街上川流不息的人群从我面前掠过，他们全部面无表情，直视前方。住在这里的人，永远只有那么一个方向，前方……代表财富、名望、地位的方向。他们冷漠而脆弱，他们在这城市的缝隙中爬行。他们同我一样，内心空洞，一无所有。原来所有的城市都一样。繁华，破败，形形色色的人。并未有神圣与平庸，城市都是一样的，住着人，富有和贫穷。

在这陌生的城市里，我又开始写字。把我看到的、听到的、触摸到的、感觉到的、梦到的、想到的，全部写在电脑上。

那些曾经在我生命中喧闹经过的人，成为我小说中的角色，我述说着，我爱他们。我爱所有的人，因为他们都已不在。我无比深爱过去的时光。

是谁说，只有在失去之后才懂得珍惜。

我终于肯承认这是至理名言。

那些从我生活中彻底地消失的人，陡然成为我的最爱。我甚至措手不及。

偶尔会上街，那是迫不得已。因为需要食物和水维持生命。

从超市购回大量食品，塞满整个冰箱。然后写字，没有黑夜与白昼之分。什么都没有，我在电脑前如同爬虫一样不停地敲打。

幽宁知道我来了深圳，却没有和她联系，像一颗即将爆炸的地雷站在我面前，从电话到出现，她甚至没有用到半个小时。

湛蓝，莫非你还在怨恨我。两个人的距离有多远，我一边任由手指飞快地在键盘上敲击出这么一行字，一边似是而非地回答她。

很久了吧，幽宁，你还有和别人联系吗？

湛蓝，你到底要怎么样才和我在一起。幽宁穿得很怪异，红色的露肩背心，一条乳白色的纱从脖间淡淡绕过，却又是一条苍翠色的高靴子，黑色紧身小短裤。慢慢地将手放在她的脸上，很烫，她很激动。

你知道爱是什么吗？

不，你不知道。因为你没有爱过。

那么我呢？我知道爱是什么吗？

我也不知道。虽然，我爱过。

[1 / 2]

爱一直在我的生命中蔓延，剧烈，绝望，疼痛。

我许是注定经受折磨的女子，我遇上这许多的人，爱，被爱。我浓烈丰满地活过。我喧闹放肆地活过。

然而到了最后，终究是一场独角戏。

11
湛蓝十年

你像个饥渴的孩子，
不同的是你需要的只是说话，讲述了十年，
别人都说你是个疯子，是个婊子。
你无所谓，因为你目睹了身边人一个一个地离开，
或许说是你臆想着。

没有谁和谁是心有灵犀，
除非那个人非疯即傻。

我站在城市上空呼喊的名字，很久以后，我仍然叫着这个名字。我说，安，吃午饭了。然后安一直没有回答我。我看到高处的建筑物，那上面笼罩大片灰色云朵。我对自己说，你跑不掉了，这是你的命。

我们从出生就有一场注定的命运。爱谁，恨谁，离开谁，得到谁。于是我终于可以安然承受自身的孤独。我走到这里，陌生地生活，一个人。

城市的寂凉和繁华如出一辙。我并未看出深圳与西安的不同。那个目光平静、笑容隐忍的女子始终是我。素面朝天，面目干净。黑色衣裤，长靴。暧昧诱惑的颜色。

我描述自己的生活。在小说里，大朵玫瑰图案的睡衣。随手扎起的头发。窗子和阳台的门一直开着。烟雾出现，消散。屋子里始终只有我一人。趴伏在电脑前写字。

忽然感觉自己语言贫乏，无话可说。开始胡乱敲打键盘。屏幕上出现大量无意义的字符。不曾想过自己会如此撕裂或是隐忍地活。生命中太多无可预测，却是不可违抗的必然。我想我已然遇到那个人，并且爱过。已经足够，只是不知道，以后这漫长岁月，苍凉，孤独。一个人，如何走下去。

感觉自己逐渐苍老，逐渐失去欲望。双人床上放着一个人的被子。没有任何玩偶装饰，我不再是孩子。偶尔，只是偶尔，睡在宽大的床铺会感觉冰冷。再盖一层毛毯。亦然。

忽然地哭泣，我想我太过孤独。从小到大，我都是害怕孤独的孩子，却始终孤独。我爱过的人以各种方式疏离我，爱我的男子，即使日夜陪伴，亦是无法缓和内心孤独。透进骨髓，令人窒息，总有幸福明媚的女子，甘心守候在风华男子背后。做微小谨慎的女人，操心琐事。

我却不同，我体内流有骄傲血液。宁愿在瑟瑟寒风中自己拥抱自己，不会允许身边站着一个不爱的男人，或是女人，譬如丁南。她是我唯一没有失去的朋友，许是相交甚短的缘故。是在陌生的街头邂逅的，还是在酒吧里买醉认识的，具体都已忘记，其中间杂暧昧。却无延伸下去的欲望。

有些人，我们是注定遇到，注定擦肩而过，我喜欢这种感觉。浮华城市中与自己身边女子纠缠出些许暧昧，然后彼此背离，再无交集，并不可惜。离开可以深切怀念，相守却做不到，在一起的两个人终究难逃世俗纷扰。

丁南曾问我，爱他什么？简单的问句，再无下文。

我决定坦言相告。于是正色，爱他就是全部的爱，一刻也不想分开。

她忽然大笑起来，声嘶力竭。我任她发泄。良久，她说，要是我早些遇到你，便不会失去他。不，我说。你终究还是失去。我看着她。若是不失去他，你便不会遇到我。你遇我早些，便是失去得早些。

丁南怔然。片刻不曾言语。既而苦笑，湛蓝，你实在是聪慧女子。只可惜，太过孤冷性子。学会接受身边的人，对你有好处。

我看着丁南微笑。这是发自真心。我知道，自己已经把她当作知己。只是，往往在真相来临的时刻，分别也随之而来。

[0/2]

丁南跟着一个男人出国。头发苍白的男人，姓钟。有终于或者终点的谐音，他的年龄可以做丁南的爷爷。我看着丁南的眼睛。她掩饰地对我笑，湛蓝，从此以后我衣食无忧，再不必为我操心，好好照顾自己。希望你开心。

我还是笑。

我一直希望你开心。丁南一时动情，抱住我肩膀，眼泪颗颗滚烫，渗进我肌肤，是灼烧的痛。

保重。

丁南亲密地挽住那老人手臂，随进站人流消失。我知道，这是我与丁南最后一次相见。飞机呼啸着从头顶上掠过。

丁南于我，我于丁南。不过是路上相遇的陌生人。见着的时候都是孤独，于是打了招呼。本想一起取暖。却逃不过这命运，于是分别。时间比什么都无情。转眼间，丁南已是成熟富贵的女人。我却独自在这世间漂浮游离。

我曾经对丁南说过，我们都是有故事的女人。

那时的丁南对我微微一笑，她说，你是，我不是，我已经忘了。然后她和钟在一起。富足安逸。此时的丁南不是彼时，懂得优雅得体的笑容，再不是酒吧与我放纵买醉的女子。

所以，我还是孤独。湛蓝永远是撕裂自己伤口，任凭血流不止的女人，纵然表面平和。有的女子像鱼，与同类相遇时，滑溜地逃开，总是不能相互取暖。亦不会有人知道，水其实是她们的眼泪。

[0 / 3]

最近时常做梦。安出现在梦里，一片荒芜的空地，黄褐色的土地，贫瘠萧条，安从白茫茫的远处向我走来。我欣喜地等待他拥抱我，他却当我如空气般视而不见。我的身体是透明的，他笔直穿过，我感觉不到丝毫痛楚。空地刮起大风，我被席卷而去，落在不知名的黑暗洞穴。大声呼救，始终没有人出现。惊醒的时候终于明白，有些女子的孤独已是注定，不可违抗。

从没有人给我一个命题，让我按照既定的路程行走，我只能凭着自己的直觉。一路跟跄挫折。楼下街口的小超市，收银员是个年轻的男子。面目干净，手指修长，看到他，我很容易想起一些人来。少年的湛蓝，少年的颜晓，眉目清澈，笑容阳光。那些过往花瓣一样飘零，年少的时光连记忆都已残破不堪。

我把大堆食物堆在结账的台子上。男子细心地清点，结算。每周二和周五下午，我都会光顾一次，渐渐地，手指相触，多了些暧昧在里面。

偶然的一天。我凌晨过去买烟，那男子正倚在柜台前专心吃一盒泡面，酸辣口味。吃得满头大汗，唇齿滋生出热辣的欲望来。猛一抬头，见我在眼前。惊吓似的往后跳。

你好，要些什么？

红双喜。一条。

付账后转身要走，身后传来声音，极轻。

"女人要少抽点烟。"

我低头笑了一下，离开。有些人的相遇，持久的暧昧，不过是为了离开时的一句叮咛。我宁愿他走上前来抚摸我的嘴唇，也不要这样平淡的一声问候。

我终究还是内心激越的女子。即使被时光雕刻下痕迹，亦无法改变。

[0 / 4]

店外大雨滂沱，我随意走进雨里。烟用塑料袋装好，搂在怀里。不记得从什么时候开始我不再在乎自己，而去牵挂那些身边的物件。譬如烟，譬如电脑。许多时候，它们比我自己重要。

年轻男人追出店外，递一把雨伞给我。

我接过，道谢，决定此后再无交集。我慢慢去另一家超市。偶尔见到那个年轻男人，如同陌路。他看到我的冷漠，亦不再招呼于我。

有时会去楼下那家小酒馆喝酒。两碟小菜，半打啤酒。喝到微醺，然后回家。趴在电脑前继续写字。总是些胡乱的字句。写自己零散的心情，我以为，这些就是时光的痕迹，点点滴滴记录。

[0 / 5]

幽宁的妆化得很浓，手边挽住一个上了年纪的男人。唇边噙着妩媚笑意。灯红酒绿，纸醉金迷。幽宁日日徘徊其中，不能自拔。

我骂她，打她，最后是无力的挣扎，她仍是不肯回头。

她说，湛蓝，你不是很喜欢杜拉斯的话吗？难道你不知道她认为：两个情人的欲望既是在痛苦中实现欲望，又是拒绝让纯的爱情占上风。因此，痛苦不会转变成肉体的快感，但因接纳痛苦和快乐这两个对立物而对一种不安宁有根本的需要。

[0 / 6]

这应该是最后的画面。请允许我用她的意识来表达，我只是想象自己是她，灵魂飘溢在身体之外，一切尽在眼眸之中。

彼时，幽宁站在汹涌的江边。穿黑色长裙，紫色眼影和唇膏。妖冶光泽。江边许多情侣，牵手漫步，幽宁脸上一直有微笑，如同新生，充满希望。

不知是谁点燃了一支烟火。刹那的绽放迷眩了人们的眼。幽宁抬头看那烟火，眼泪唰地一下流出来。谁不曾有过，谁又能不经过，往事如潮水涌现。

湛蓝，那个让人又爱又恨的女子。

颜晓，一生都无法忘却的男人。

她与他们宿命纠缠，不可违抗。

这就是离别的时刻，幽宁脸上绽开一朵绝美笑花。纵身跃入冰冷江水。周围的人依旧笑闹，没有人在意，一个生命于瞬间消失。幽宁独自陷在冰凉水中，刺骨的痛，决裂的疼。所有的亲爱。我就这样对你们说，再见。虽然我已说不出口。我就在这瞬间老去。

[0 / 7]

　　从房间里走出来，今天是到邮局领汇款单的日子，在这些精神严重贫匮的日子里，物质还是会带给我莫名的惊喜。突地，心口揪痛。顿时有不好预感。撑持着走到门口，蹲下身去，站起，强忍疼痛。

　　领到一笔还算不菲的稿费，扯起嘴角微笑，幽宁，晚上定要与她重温年少时的不夜。想着是最美丽的心态，温暖在此时浅浅地涌出，转身正要离开，随意拿起手边架子上的报纸。右下角登着一则小小的社会新闻。昨夜珠江边发现一具女尸。幽宁，女，25岁，经警方确认为自杀。

　　我愣在原地不动，不是不想动，是不能动。良久，轻放下报纸，走出邮局。

　　外面阳光很好，好得有些刺眼。行人匆匆，不知在忙碌些什么。城市的建筑物不似夜晚的繁华颓靡，竟有些疏远和冷漠。

　　我仿佛听到幽宁的叹息，轻声喊自己的名字，我知道自己应该哭泣。因为幽宁已经永远离开。可是我哭不出来。我感觉自己的心无比冰冷坚硬，很久以前，有人说过，湛蓝，你是个心肠很硬的女子。

　　一片一片的空气花瓣掉落下来，错觉，还是？真的很硬吗？玻璃咣啷掉地，明明是碎在我遥远的左侧，可是心还那么疼，疼得几乎窒息。

一个习惯是会影响一辈子的意识，对着空气说话，是一个潜意识所在，也成了一种习惯。我让自己安静地蜷缩在睡衣里，触着冰凉的地板，注视着灵魂跑出身体在那里看幽宁对我微笑。

我看她，看她曾经的痕迹，这是她的故事，我只是任由自己的身体在麻木地观赏着，悲哀着。

很多次，我相信自己是通灵的，因为我居然可以透过玻璃看到她的一切，我不在的时候那一切。

也曾想过这会是一个电影镜头，导演是我，演员是幽宁和一些熟悉的陌生的，过客。

[0 / 8]

画面一：

午夜徘徊，阵风袭面，心一点一点地沉寂，幽宁一个人在房间里听王菲的歌。那首《不留》。

她一直喜爱这个女子。她只喜欢她，浓重的黑色眼影，夸张的睫毛、眼线，坚硬的唇角，冰冷的一张脸。声线是可以穿透灵魂的震撼。

幽宁听着听着就哭了。

像个孩子，把头深深埋在膝盖。

开门的声音传来。幽宁迅速地抬头，抹去眼泪。

颜啸林开门进来。林是将近 50 的男人，发福，算不上很丑。他包养了幽宁。

幽宁坐在梳妆台前细细地涂上粉底，唇膏。红肿的眼睛被深色眼影仔细地掩盖住。林从身后抱住幽宁，幽宁仰起脸来，对他妩媚地笑。

半个小时后，林和幽宁隔着一段距离，来到小区对面的饭店。坐进隐秘包厢。林一把抓住幽宁往怀里带，幽宁顺势靠在他身上，任他四处摸索。嘴角溢出快乐的呻吟，也许是快乐，又也许只是快乐，前者与后者字同音同，却又不同。

我说不出来，因为我，湛蓝，不曾快乐，从不曾。

砰砰，轻轻有礼貌地敲击，服务生端着托盘进来。幽宁从林的身体离开，坐直。无所谓地，看着自己闪亮的指甲油。

血红色的指甲油，纤细的手指，任凭你是谁，也无法阻挡那诱惑，女人香。幽宁从来如此，一如我的固执，只是偏爱着黑色的我，也还是不懂，她那幽怨的一回眸是为何？

林伏在幽宁耳边说话，先吃饭，后吃你。

幽宁娇媚地笑。

画面二：

卧室，大的双人床。粉红色俗媚的床单。

林脱光衣服，露出臃肿的裸体，巨大向外突出的肚子。野兽一样扑到幽宁身上，幽宁的脸孔扭曲，大声地呻吟，浑身颤抖。

半个小时后，幽宁安静地吸烟，听浴室的水声哗哗作响，玻璃门窗显出林臃肿的身影。

林离开。关门的声音很大。

幽宁独自躺在床上，如同与世隔绝。脸朝着天花板。赤裸着激情过后的身体，幽宁疲倦地睡去。

画面三：

下午，幽宁起来。穿好衣服。

米色的厚外套，黑色长裙，皮靴，长发随意在脑后披着，唇膏涂得晶亮。林不在的时候幽宁就用逛街打发时间。

用林给她的信用卡。在各个商场快乐地刷。就像做爱一样快乐。快乐，多么暧昧的字眼，女人便是如此，物质也是一种快乐，且不管它快乐的背后是那样的凄凉。

寂寞是过于充实带来的，而充实却因寂寞而疯狂痴迷，所以在充实与寂寞一并来临的时候，女人也不会知道，自己到底想要什么。

幽宁常常幻想着一个英俊的男人会把自己带走，不是颜晓。而是一个不知名的陌生男人，时刻戴着黑色墨镜，干净的肤色，五官细腻，有像女人一样漂亮的眼睛。

幽宁好像走火入魔，和林做爱的时候她也把他幻想成那个男人，于是在床上大声地呻吟，快乐地尖叫。

然后有一天，幽宁真的遇到那个男人。

画面四：

上岛的咖啡店。幽宁逛街累了来喝咖啡。

一个男人，坐在吧台，黑色外套，白色T恤。浅蓝色牛仔裤。黑色墨镜诡异架在鼻梁上。幽宁看到他直觉地走过去，坐在他旁边。

那男人抬手要了一杯喜力，给这位小姐。

幽宁直视着他的眼睛，隔着墨镜，什么也看不清，直觉那镜片后面有光芒闪动。

幽宁说，你愿意和我走，去我家吗？

那男人二话不说跟在幽宁后面。

幽宁出了咖啡店，招一辆出租车，报了地址。心中激动一如怀春少女。一路上，幽宁拉住那男人的手。仿佛松开便会消失。

进了电梯，按下17楼。电梯里只有两个人，幽宁和他，多么微妙的呼吸，彼此可以听得到，幽宁几乎被心里的幸福感击溃。

出了电梯，掏出钥匙开门。门却从里面打开。林的脸出现在幽宁视线里，幽宁一阵眩晕。知道自己已经无路可走。

林却拿过她右手的购物袋，"亲亲，今天又买了什么呀。"

幽宁觉得自己的手空虚无比，仿佛什么也不曾抓住。下意识地转头，自己的右手，曾牢牢抓住那个男人的右手，竟什么也没有。

林拉幽宁进屋。贴在她耳边，"今天晚上我要好好享用你。"

画面五：

夜一如沉积，那些沉淀慢慢风化，林已离去，幽宁喝咖啡，听音乐，然后拨通我的电话，湛蓝，爱与恨都是对自己的惩罚，我始终败了。

那时，我在酒吧沉迷，颜晓安静地微笑，遮不住的心疼从眼角流出。

画面六：

幽宁收拾行李离开了房子，钥匙放在客厅的茶几上。

房子收拾得非常干净，整整用掉了幽宁一天一夜的时间。房间就像从没住过人一样干净，悲凉。

画面七：

幽宁一个人站在站牌下等车，身边有和她一样等着的人，只是互不相识。幽宁想，有些人即使相遇了也是陌路。而自己的梦想那么残酷地破灭。以为抓在手里的人就那么消失掉了。还有什么是值得拥有的。

离开了林，并没有多大关系。

这个世界，像林一样的男人多的是。像幽宁一样的女人应该
也很多。只是，像自己一样存有梦想的就不多了吧。

在这个世界里，谁还拥有得起梦想。

画面八：

三个月后，有人在深圳街头见到幽宁。

皮肤白皙得就像三个月没有晒过太阳，穿着黑色的长裙，头
发卷曲，妖媚得像个妖精。她手边挽着的，是另外一个林，男人
秃顶，肥胖与林如出一辙。

幽宁一直告诉自己，这样的男人比较安全。那种戴着墨镜的
男人只是一堆美丽的泡沫。

只有林一样的男人才能满足她的欲望。于是幽宁的手边挽着
的都是林。不同的版本，同样的人。

画面九：

幽宁和男人一起散步，喝茶。偶尔出去吃饭。男人从不陪幽
宁一块逛街。

男人刚死了妻子。不想再娶，不想有人分自己庞大的家产，
于是找到幽宁，两人各取所需。

画面十：

幽宁某一天上街忽然见到我。

我穿着深色外套，牛仔裤，布鞋，步履匆匆，手边提着一大袋东西。应该是日用品之类。幽宁跟在我后面，拐进一个小巷子的时候我用手挡着风，点了一支烟，深吸一口。

幽宁本想上去喊我。但是她转身走了。

幽宁刚在巷子口消失，我似有所觉，回头，没有人。笑自己的错觉。扔了烟头。用脚踩灭。往家的方向走，在不属于自己的城市，租来的小房间就是家。

画面十一：

幽宁安静地站在我面前，爱与恨的距离有多远，难道你要永远怪我。

永远？到底有多远，一首老歌，一句新问。

画面十二：

幽宁开始在虚无的、堆积的快乐中枯萎，她想起自己曾经爱过的那个男人。幽宁想在黑暗中永久地拥抱他，但是没有。幽宁对自己说你永远不可能抱住他，因为他看的是另一个人。

幽宁咬牙切齿地想着我。在小巷子的转弯处，狼狈而清瘦的

女人，我已是如此。幽宁在电话里说，她时常回想我的模样。流浪儿一般颓废黯淡，她不明白。这女人如何有能耐夺走自己喜欢的男人。

　　其实幽宁一直无法理解。对于我来说，从没有夺这个说法。我只是随心所欲地，爱一个，不爱一个。湛蓝绝不是做作的女子。但是任性，不顾一切。

　　那些男人深知湛蓝的心性，许是因此而深爱。

[0 / 9]

　　一直回忆着那段时间。我站在小巷子的拐角处，摸索着点了一支烟。虽然是在深圳，但十二月的天气，只穿一件薄衬衫的我仍是冷得发抖。

　　我努力地写一些字句，把那些人、那些事情，断断续续出现、消失的人写出来。我想写一本书。记录这些属于时光的痕迹。我不停地在键盘上敲出飘浮的文字。我把自己安排到情节中，书的主角就叫湛蓝。

　　书的名字叫《湛蓝》。

　　我在书中写道：

湛蓝看到热爱着的人，心中却无来由的平静。仿佛他们已经与自己无关。

即使湛蓝就在那部书中出现，频繁地出现。

但她仍然感觉不到自己的存在。她似乎是脱离了那些人的，独立而自私地存在。她爱他们。写他们。却不参与其中。

于是她没有眼泪。许多时候，眼泪是被我们遗忘的东西。我们只把它当作一种分泌过多的液体。于是可有可无。

写累了的时候，湛蓝就趴在电脑前听歌，吃大盒的泡面，加火腿肠。偶尔叫外卖。

很是奇怪，这些热量很大的食品却让湛蓝越发清瘦。一月的时候，湛蓝的体重不到 90 斤。凹陷的双颊，紧抿的唇角。在整个脸上，眼睛显得出奇地大，大而幽深，如同深邃海底，微微发蓝。

她的写作十分顺畅，除了偶尔采购食物，几乎是足不出户。过着半隐居的生活。湛蓝是快乐的，因为她与自己爱的人在一起。

在冰冷的键盘上敲出的字句都是他们。灵魂以及肉体。

不必亲手触摸，湛蓝，只要感知。

便可以心存感激，湛蓝从不是奢求的女子。

12
零散的过往

寻找吧，遗忘吧。

站在 26 层楼顶上你总是搞不清楚方向，
很多故事并不属于你，但是你成了主角。
拒绝一部分人是需要勇气的，
同样，接受一些事实也是需要疼痛的。

....

你说我太复杂了。
复杂是个什么东西，用什么来定论，
难道不过是因为我裸露的身体上有着太多的伤疤。
你的瞳孔里根本显示不出来，
一个思想混乱的人是无法行走和奔跑的。

[0 / 1]

我想知道，一切是否就要结束。而我的故事也即将进入尾声，其实所谓的尾声还是需要交代很多东西，比如一个人的最终，比如一个人的曾经，可是我连自己都抓不住了。我的手指常常会流淌出一大堆莫名其妙的字，然后我又会在夜深的时候莫名其妙地删掉。

我用圆珠笔在纸上写字，然后用眼泪去湿润、化解那些字，直至模糊不清。字，其实也就是一行，简单如一。而沉重却非同一般，我写着，湛蓝，你快要死掉。

因为，我时常会有幻觉。我的眼前出现安、云姨、颜晓、幽宁。就在青天白日，他们像幽灵一样在我眼前出现，我喊他们，没有人应，我伸手去抓，一片虚无。

也许生命本身就是虚无的，但我却感到无比强大的力量充斥在自己身体里。

我一直是最接近死亡的人。我的生命力却是最强大的，并且坚韧。这么多风雨走过，这么多人死亡和离开，我却是活着。

[0 / 2]

我想，我最大的渴望，就是和自己所爱的人在一起。可是我没能如愿。我知道，这世界总是遗弃我们。无论多么深爱，终究要离别。

我走在那个男人身边，很老，苍老，沧桑。我问他，颜晓在哪里？我说，我答应过你，我永远离开他，但是我没有说过，我不关心他。

他的眼神黯淡，都是我的错，湛蓝，晓儿是无辜的，你们都是无辜的。

我冷淡，幽宁死了。先是颤抖，后来是激动，幽宁死了。最后我直接就是咆哮，幽宁死了，你知道吗？

从颜啸林那里，我得到颜晓的电话，发了短信，还是那句，幽宁死了。

颜晓，他就好像不经意扎根在我心底的一根刺。隐隐作痛。我终于知道自己的心里其实有他。自己深爱的人是那么刻骨铭心，让我忽略身边的太多，我只是无法克制自己的感情。安，让我手足无措。

我随意地走近一些人，然后离开，我是一个不敢也不能爱的女子。

不是和颜没有过快乐的日子，那天的阳光很好，我牵着颜晓的手走在路上，空气中有蔷薇芳香，我深醉其中，身边的颜晓因我的好心情而快乐，只是快乐都太短暂。

[0 / 3]

夜降临，我无眠，我一个人走在街上，冷清的月光。我那么悲伤，迎面而来的车，我知道它朝着我的方向行驶，我没有躲，因为我看到安的影像，他微笑着地对我挥手，一如童年时他紧张的关心，我只是穿梭马路，没有回头的意识。我希望自己在那车轮下丧生。

我听到颜的惊叫，巨大的疼痛瞬间袭击了我。我昏了过去。眼前一片黑暗。没有任何人的影像。

四周一片白。素净的白，惨淡的白。许多穿着白衣服的人在我身边来去。我旁边的床上躺着一个穿白色衣服的人，旁边的旁边也是。我很害怕，我被这铺天盖地一样的白包围，几乎窒息。

其中一个人看到我睁开眼睛，走过来，伸手探我的额头。

"小姐，三天前你发生车祸，肇事司机送你到医院来，你已经度过危险期，没什么大碍。多休息几天就够了。"

我睁着眼睛，我看着她。我很迷茫，我什么也不知道，我不知道自己出了车祸，我的脑中一片空白。

"小姐，现在可以通知你的家人来看你。"

我的家人？我喃喃地念着这几个字。发现自己全无概念。

"对不起，我想睡了。"我拉过床单，盖住自己的头。我不知道他们在哪里。也许，这世界只有我自己。

[0 / 4]

第二天还很早的时候，天刚刚亮，我一个人离开了医院。我无处可去，我身上一分钱没有。我不知道自己是谁，是的，我不知道自己是谁，这才是问题的关键。

四周是人，是车。我却感到荒芜。我不知道，是否整个世界已经将我遗弃。因为我还忘记了，自己叫什么名字。这是最重要的事情，一个不知道自己是谁的人，究竟可以走去哪里？我隐约记得，有个叫安的男人，他是我的亲人，然后我不停地拉住街边的男人，询问着，你是安吗？你可以带我走吗？

一个男人拉住我的胳膊。我不害怕，虽然他是个陌生人，因为我什么也没有，我不怕失去，我连自己的灵魂也丢掉了。他的眼睛很漂亮，干净而有神。上了些年纪。我被他的眼睛吸引，很奇怪地，信任了他。于是，我跟着他走。

我看到停下的地方叫吉祥宾馆，然后有个女人走过来，打量着我，笑了一下。和他握手，林哥，好久没来了，这几天来了个模特，身材很好，改天给画张海报。

很好，露月，她叫安心，看上去骨骼很好。

叫露月的女人又仔细在我身上拍了一下，问，你会做什么？

台上有女子在妖娆，应该是蛇舞，音乐雾般地轰炸着我的大脑，我被音乐吸引着，忘记身边的女人和林，径直踏着鼓点走上台去。我不知道自己为何会如此熟稔地翻管，以及能完整地跳完这个曲子，我听到台下的喝彩和尖叫。

一夜过后，我留在了吉祥演艺厅，海报上醒目：安心，苗族女子，艳星。

[0 / 5]

我被一群男人包围，我陪他们喝酒，唱歌，打牌。

这就是我的新生活。

我可以让自己裸舞，却不允许别人动我，某日，一个男人肆无忌惮地将手放在我的胸前，那是林画的"小荷初放"，我很冷静地扔开男人的手，然后很冷静地拿起身边的酒瓶子砸去。

一个星期后，中年男人说，安心，我给你一个家。我搬进了念云别墅，据说是男人为了一个女子买的，但是那女子住过半年后失踪。多年后，我知道，那个女子叫，木晓云。

我知道那个中年男人叫颜啸林。总感觉这个名字有点熟悉，也许，我认识一个和他名字差不多的人。我迫切地需要恢复记忆。我想知道自己究竟是个怎样的人。这样对自己一无所知实在是一件恐怖的事情。

林说，你要听话，你是我的。

好的，我听话，但是我并不想是他的。但我心里十分清楚，如果没有他的帮助我不会活下来。我只是一个失忆并且单身的女子，没有生存的能力。

[0 / 6]

某个阳光很好的午后，我听到客厅里有人说话，赤着脚走出去，身上是宽大的男装衬衫。

一个年轻女孩正在毕恭毕敬地询问林，叔叔，颜晓这段时间在哪里，我找他有事。

颜晓是谁，我喃喃自语，可能是声音有点大，林回过头来，安心，你怎么出来了？

女孩把头转向我，惊叫起来。

"湛蓝，怎么是你？为什么你会在这里？"她莫名其妙地看着林，目光呆滞又疑惑，甚至有点在喷火，慢慢靠近我，从头打量着我，手颤抖着划过我的男装衬衫。

"你是在喊我吗？"我走近她，我对她有一种直觉的好感，

"可是我是安心啊，我在吉祥表演舞蹈的，你认识我吗？"

"是的，湛蓝你怎么了？你为什么会和他在一起？这一切究竟是怎么回事，谁能告诉我！"

她大声地吼了出来，林看看我，抿紧了嘴，良久，"她不过是我在路边捡来的，出了车祸，现在失忆。"林草草带过我的经历。他没有感同身受，自然不会知道我的痛苦以及恐惧。

女孩把我抱在怀里，"湛蓝，老天对你太不公平，怎么可以让你受这么大的委屈。"我竟有些心疼她。车祸的事情已经过去了。我现在不过是个被人包养的女人，什么都不必在乎。

"湛蓝，和我一起走好吗？"她抱得我很紧，我几乎透不过气。

"不，我不。"我坚定地摇头，在我不知道自己是谁之前，我不会离开林。在我不知道自己是谁之前，我不要改变目前的生活。

[0 / 7]

很偶然地走在街上，车水马龙。有些时光重现的错觉。走到马路中间，神情便开始恍惚。急刹车的声音。然后一个方言浓重的人从车窗探出头来，大声骂我，"走路没长眼睛是不是？"

我的脑袋嗡的一声，很多东西一下子都回来了。我匆匆跑到马路对面。蹲下身，头部非常疼，几乎要爆开。

我想起来了。许多，一起。

他们，我自己。

是的，她说得没错，我是叫湛蓝。我是一个复杂的女人，我的一生都用来爱和被爱。

她是幽宁，她得知我出车祸后哀痛的眼睛使我动容，但我想，自己仅能如此。其他的，什么也无法给。

我清楚知道，幽宁有多爱他，那个他，便是林唯一的儿子——颜晓。有些像我爱安。那么稳妥安稳的男人，随着我的生命一起蓬勃的爱。而她爱的人恰恰是爱我的人，她一直幽怨着，争取着，最后才发现自己失败在一个如此可笑的故事里。她却不知道，我对颜晓是另一种感觉。面对他，我温暖、安心，如同被阳光照射，永远不会寒冷和黑暗。

颜晓爱我，幽宁爱颜晓，这很乱，我无法解释，于是忽略，我和颜晓的父亲在一起，幽宁便不会再害怕我拆开她和颜晓。

然后我突然地恢复了记忆，就在那个司机对我破口大骂的时候。

我站在刺目的阳光底下，仿佛一只终于找到方向的鸟。遗憾的是，这只鸟没有家，它只能一生飞翔，它停下来的时候，就会是死亡。那一刻我竟懂得了自己生命中的许多未知，然后我突然地快乐了。

有些事情想通了很容易快乐。

颜晓，我不准备把他计划到自己的生活里。我记得他爱我，如同我爱安。

我很想把自己的头埋在他温暖的身体里。告诉他，我被他感动。然后接受他的一切，包括做爱，就在他卧室那双人床上。但是现在一切都不同。

我不知道如何解释，于是沉默。我依然装作没有恢复记忆的样子，在林的面前，我不知道他的儿子爱上我，就像爱自己的生命。既然老天让我失去记忆，那么这将永远成为一个秘密。

[0 / 8]

我带着从商场买回来的衣服，站在林的面前，我知道他会称赞我几句，诸如漂亮、娇媚，我等待着。

但是他没有。他缓慢踱步到我面前。"原来你就是湛蓝，颜晓一直念念不忘的那个湛蓝。"

我抬起头，我装作茫然地看他。"你在说什么，我听不懂，我不是安心吗？"

"真的？"

他弯下腰，中年男人略带腐败的气息充斥在我的鼻端。我下意识地往后退，嘴角堆起甜腻的笑，"林，你说什么？"

确实不容易，他相信了我。

夜很深的时候，身边的林已经熟睡，我拨开他放在我胸前的手，轻巧地走到阳台，燃了一支烟，天空是湛蓝的，和我的名字一样。星星很明亮，它们眨眼睛，我不知道那是悲伤或是快乐。我觉得每颗星星的后面都有一个神话。

我依赖着林，同时也在想办法离开他。

我不爱他，若是失忆的时候倒还无妨。可是我已经知道，自己是湛蓝，自己爱的人不是这个中年男人。

而是，另外一个，是的，中年男人。

与林截然不同，安是那种清瘦内敛的男人。我一直热爱着的形象，我为他沉醉并且痴迷。我甚至愿意就在他的手里死去，那该是世界上最幸福的归宿。

从此与自己所爱的人一起，再不会分开。

[0 / 9]

我出了车祸，当我醒来时，颜晓说，湛蓝，你昏睡了几夜了。

幽宁恶狠狠地瞪着我，湛蓝，你要对颜晓好。

我很无辜，你们都怎么了，怎么看着我，好像是一个快死去的人一样，我不过是看到安在对面叫我，我跑去而已。

我确实是有些演戏的天赋，颜晓出去买水果的时候，我与幽宁安静地对坐着，不说话。我清楚地记得，在我出车祸的前一天，幽宁在电话里约我。她说，湛蓝，给我一个机会。

我对着话筒冷冷地笑，什么机会，心里无端地疼痛起来，这个傻女人，机会哪里是我给的，我连自己都没有给过机会，如何能给她。

那天颜不在家，他有事临时出差一个星期。我知道该来的总会来。于是安静等待。果然，幽宁按响了我的门铃。我穿着睡衣去开门，里面什么也没穿，腰间松垮地系了根带子，脸上有红晕，是刚刚洗澡的缘故。

幽宁大步迈进屋子，"湛蓝，我知道是你，为什么不肯承认！"

我微笑，并不回答。

"你已经恢复记忆了不是吗？"我身体略微一僵，不置可否。我实在不知道幽宁何以看出我已经恢复记忆。

她从口袋里掏出一张纸，递到我面前。

"昨天你曾经在商场刷卡，而一个失去记忆的人，是不可能记得银行卡的密码的。"她的眼睛锐利地看着我。

我一笑，"既然如此，还有什么好说？"

湛蓝一直是湛蓝，颜晓也一直是颜晓，幽宁也一直是幽宁，没有缘分的两个人。不可能走在一起。

[1 / 0]

颜晓说，我谁也不恨，是这个家太让我失望。

我知道，他一直都是不开心的，从来都是，也许离开对他来说，是个解脱，可是之间的太多误会，他需要知道。

我来不及说话，所有的人都散了，我也不再解释，该走的势必是要走的，解释是一个无谓的东西。

幽宁死了，我知道沉默并不能有任何的作用，林说，颜晓回去过一次，他吸毒了。

我知道是自己对不起颜晓，我给他发短信，回家吧，幽宁死了，很多事情并没有那么复杂的。他还是你的父亲，回去吧，你是个好男孩。

[1 / 1]

终于一切释然，但已经是过去，幽宁离去，在她最后离去的时候，我居然没有说一句，幽宁，你永远是我最好的朋友。

忽然很想看到海，却发现自己疲倦已极，连放纵的力气都没有。走到街上，行人依旧匆匆。忽然想起马尔克斯的那部书的名字，百年孤独。很像自己的写照。这么多人，自己用心爱过，却仿佛什么都不曾拥有，这些孤独，已经蔓延几个世纪之久。

路边一个小乞丐肢体残缺，我扔了二十块钱给他。自己也是个穷人，不敢摆阔。但是看到他感激的眼神，连忙走开，我很害怕，我不知道原来随意的行为也会有人感激，我宁愿相信这个世间是冷漠的。

或者说，我是不正常的。我说自己是神经病，我经常自杀。拿起刀子对着手腕狠狠割下去，看着体内的血喷涌而出，那种快乐无法用言语形容。

[1 / 2]

我对安顿说，"我要离开深圳。房子不必留下，租给别人吧。"

安顿难以置信地看我，"你要离开深圳？"

"是的。"

"原因？"安顿眯起他锐利的眼睛，有点像颜晓。他的眼睛里有一种漂泊激荡的东西，也许，做音乐的男孩子都是如此。

"因为必须离开。"

"湛蓝，为什么不告诉我原因？"

"根本没有原因，安顿，你明知我是个任性的女人。"我颓然地笑，感觉皱纹遍布，满眼，满脸，"并且，是个老女人。"

"湛蓝。"安顿伸手拥我入怀。

许久，没有得到这样温暖的一个拥抱，却是不敢贪恋，怕自己起了恋慕之心。急急离开安顿的怀抱。发现自己经年累月的孤独中，竟无端软弱。

这么好的一个男孩子，与颜晓何其相似。却，只能再见。

我提着行李离开。那是 2000 年的春节。西安正是寒风凛冽。这样一种时刻，我要陪伴我的亲人，我要送给他们一份礼物。

[1 / 3]

很大的雪花，从天空纷纷扬扬地落下。我很久没有见过雪，深圳一直闷热得让人心烦。就那么毫无缘由地爱北方冬天的雪。纯洁，冰冷，如同爱人的灵魂，不沾惹丝毫世俗之物。

很感谢，云姨，安，你们送给我这么好的礼物。我住在老房子里，云姨留给我的财产之一。我从小在这里长大，然后离开，现在回来，生命原来就是这样周而复始。

我终于相信命运不会特别偏爱谁，离开的人总会回来，想回来的人却要漂泊。我体内一直有流浪的灵魂。可是现在，我回到这间房子。我来找那些回忆，童年，少年，安，云姨。

他们那么深重地扎根在我灵魂里。他们离去，我的灵魂随之而去，我难以解释这是怎样一种感情，我只知道，爱。

除此之外再无理由解释我经年的哀痛与喜悦。那么真实，赤裸，疼痛。

房子里有云姨的照片。年轻，娇艳，花色明亮的长裙，波浪卷的长发。我仔细看她的眼睛，忽然发现，有那么隐忍的痛。她看着我，一眨不眨地看着我。

怎的在那些日子里，自己竟未发现。是不是，只有在失去之后，才明白曾经拥有的多么珍贵。

我无言。我知道自己有多深爱面前这个女人，可是我没有说出口。再也没有机会。

她已带着满心遗憾行至天堂，直到死亡，没有听自己的女儿喊一声母亲。

我不会喊，我知道，我就是这样的性子。但是，她不知道，那声母亲在湛蓝心底，永远都在。

[1 / 4]

　　书房。书桌上早已积了尘土。我从桌角处捡起一张信纸，是安的笔迹。凌乱浮躁。

　　觉得自己很累，这许许多多时日以来，一直撑持着。预感自己会倒下，于是刻意装作无事。

　　年轻的时候，我爱过的人，爱过的你，想起来，像在梦中。

　　云淡风轻了吧，我们还有什么可坚持的，已经这么苍老，已经历经生死轮回。是的，一个老男人是不该这样说话的。但是我不知是怎么了，就想这么胡言乱语。

　　总有那么些让我放不下心的事，或者，是人。

　　比如，那个小小的女孩子，我看着长大的小女孩子。

　　从童年的忧伤，到少年的孤独，那段叛逆的岁月，长大后冷漠得让人心疼。

　　我一直相信她是坚强、善良、热情的好孩子。她冰冷的外表下必定是一颗热烈的心。我何尝不知道她的心思，只是我已老去，十多年的心都是随着云而来而去的。湛蓝是那么年轻，她单纯得像白纸。

　　她连爱，都那么热情、无惧。

　　她还怕些什么？是不是在怕我？其实我有什么好怕的呢。我不过是个老男人，渐渐失去力气的老男人。不是不爱，只是很多时候，不敢去爱，不能去爱。

她却是那么年轻。年轻得让我眩惑，让我不敢直视。于是……连心底那微小的声音也不敢说给她听。

只有在一个人的夜里，对着自己说，湛蓝，湛蓝……

手里的纸不知道什么时候掉下去。我一直站在书房，像个木头人。我忘记了语言、情绪。我被这男人凌乱的字句折磨得无法呼吸。我不知道，他竟然会这样。他宁愿一个人在孤冷的夜里喊我的名字，也不肯告诉我。我如此憎恨他的懦弱，还有心疼。

爱就是这样被错过的。谁也不说，你追我躲。人已不在，时光亦无法重来。

[1 / 5]

雪停了，空气越发清冷干燥。踩在厚厚的积雪上，发出咯吱咯吱的响声。眼前陡然现出童年的记忆：小小的湛蓝站在一群孩子身边，怯怯地问，"我可以和你们一起堆雪人吗？"

领头的孩子白我一眼，"你这个野孩子，滚一边去！"我把那个孩子推倒在漂亮的雪人上，瞬间倾倒，如同信念崩裂，那孩子被压在大堆积雪下。

没有雪人，湛蓝的世界里再不会有雪人。毕竟都已过去，只是看到路边许多孩子堆了漂亮的雪人。洁白的身体，红色的鼻子，黑色纽扣的大眼睛。

我害怕自己的眼睛干涩，于是有眼泪出来。沿着街慢走。我想把过去的时光再回忆一遍，最后一遍。泪挂在脸上。风吹着，刀子一样割裂的痛。还有什么是不可承受的？

没有！生离死别湛蓝业已经受。还怕痛吗？

$$\frac{236}{237}$$

13
注定

你脱落了的泥土，
不过是往事的痕迹。

....

我已经走了很久，不想再看你盲目地行走，
你的灵魂在上辈子的奈何桥上被诅咒了，你逃不开的。

你注定是个受难者。

　　颜晓再来找我，空气很潮湿，似要下雨的样子，一直有蔷薇的花香。颜晓挽住我的手臂，"湛蓝，我要带你离开，你和我回家。"

　　我看着这个男人的眼睛，关于过往的记忆，他是唯一一个留存下来的男人。我直接拒绝他。"不。"湛蓝永远不会跟随任何人，除了安。在他抛弃自己生命的时刻，湛蓝的灵魂已经随他而去。

　　这么痛、这么绝望地爱一个人，却是不可相守。

　　外面下很大的雨。颜晓的头发一直在滴水，头发是潮湿的。雨水从他的脸上滑下来的时候很有一种眼泪的错觉，我分明看到这个人的悲伤。我心痛，但是无力。对于一个自私并且自身难保的女人来说，是不会有多余的心思去管别人的，即使那个别人，爱我如命。

　　还能有什么办法，颜晓遇到我注定是一场悲哀。而我本身，亦不过一个悲伤的女人。一无所有，两手空空在城市中飘浮游荡。

[0 / 2]

我未曾想过颜晓会回来找我。我以为,湛蓝,已经是他深恶痛绝的名字。但是我真实地被他抱在怀里。他的拥抱如同阳光温暖。

"湛蓝,我就这样抱着你好吗?永远抱着你。"

我分明看到他眼里深重的哀伤,如同利剑瞬间刺穿我的身体。我终于投降,我无法抵挡这样强烈真实的爱。

我说,好。

我的泪放肆地流了一脸。我总是这样纵情的女子。

那一段时候,阳光一直很好,细碎,光亮。风穿透屋子,肆意地飘荡。天空是幽静的蓝色,浅,淡,十分明亮。我们的心情很好,无端的好。因为天空的蓝,阳光的亮。

我把做好的饭菜端到桌子上,喊颜晓过来吃。我去街上购买日用品,颜晓帮我提着很重的袋子。我们像这世间任何一对平凡的夫妻一样生活。

我不知道这样的生活会持续多久,我从没想过,只要可以过下去,那么我就不会拒绝。

这没有什么不好。每天早上醒来会看到同一张男人的脸。温和,面带微笑。那一瞬间你会以为自己是幸福的。难以言喻的幸福。

[0 / 3]

街对角是一家很小的饭店。有些肮脏，口味很好。我们谁也不愿意做饭的时候就去那里吃。我们经常会遇到这样的时候。除了睡中的温暖，颜晓大多时候冷漠。而我，我专心在写字，我记录时光，甚少食得人间烟火。那设想中的平凡夫妻生活，真正地，只维持了两个星期。

然后我时常忘记了起床的时候去亲吻他的脸。因为我越来越多地陷入失眠。我彻夜不停地敲打键盘。我的喜悦哀痛全部留在上面，斑驳的时光痕迹。

颜晓的毒吸得很厉害，我们大量的开销都在白粉上。幸好云姨留给我的钱足够维持，我决意送颜晓去戒毒，于是爆发了第一次争吵。我知道，这其实只是一个开始。

"我知道你是在嫌弃我，湛蓝，我们对于不爱的人总是无法宽容。我知道。"

"不要胡说，颜晓。"

"你千万不要说你要我戒毒是为我好，我憎恨你这样，你不要像其他女人一样管我，你和她们不一样，你是湛蓝，你是我爱的人，我不要你管我。"颜晓睁大眼，呼吸开始急促。

在这时候。他仍然记得，我是他爱的女人。

我抱住颜晓，我不知道怎样才能减轻他的痛苦。也许我只能拥抱他，这实际上没有任何用处。但是，我一直抱着他。

我害怕他会冷，外面忽然变天，刮风，天空是阴郁的蓝色。

我像抱自己的孩子一样抱着他。心里充满悲凉的痛。

[0 / 4]

颜晓第二天醒来一切如初。仿佛昨天晚上什么事也没有发生。他静着天真的眼睛看我。柔情似水。我夸张地亲吻他。我觉得自己失而复得。

"湛蓝，我这么爱你。"颜晓把我压在身底，眼睛晶亮地看着我。我分明看到那里面真实的喜悦。忽然悲哀，如果自己爱这男人，该有多么幸福。为什么，偏是爱不上他。

为了给颜晓戒毒，我决定去银行取出所有的存款，然后我们离开这里，去另外一个城市，不被任何人打扰。颜晓也不用承受异样的眼光。

银行门口排着很长的队伍。阳光很阴郁，久久不曾露面。我站在队伍的最后面。急躁，不安。有一个小时之久，终于轮到我。我告诉那个坐在玻璃窗后面的女孩，我要取出卡上面所有的钱，两万。

女孩面无表情地看我一眼，那样卡就要作废。

是的，我点头。拿着两沓钱，崭新，不是很厚，看来我以前是错估了两万块钱的分量。放在随身的挎包里，我走出银行。我没有注意到，有两个猥琐的男人盯上了我。

[0 / 5]

我走到街的对面，伸手招出租车。经过的几辆都坐了人，我等待着。

忽然一个男人上来捂住我的嘴，我还没有任何反应，另外一个人冲上来抢走了我的包。事情从发生到结束大概三十秒。我失去了两万块钱。那是用来给颜晓戒毒的钱。

我站在原地，思维一片空白。我看到周围的行人面孔冷漠。仿佛什么也没有看到。也许，他们是真的什么也看不到的。终于来了一辆没人的出租车。

我坐上去，报地址给司机。不再说话。我从后视镜里看到自己面无血色，嘴唇苍白。可能是太久不见阳光的缘故，而且很少喝水。

颜晓出去了，留了张字条给我。说是有朋友找，晚一会儿回来。

[0 / 6]

　　我趴在电脑前写字，我已经没有任何办法了，我现在只能很勤奋地写字，因为我迫切地需要钱，需要生存，还有让颜戒毒的钱。

　　有几个编辑的头像一直闪烁，我没理他们。

　　半个小时以后，我实在不耐烦，索性关了QQ。走火入魔一样敲打文字。然后我发现，我写不出字来，确切地说是写不出那些满足我的编辑的文字。

　　第二天，我对所有向我约稿的编辑说，我决定暂时不给杂志写稿，我要专心写长篇。

　　我发现自己一直在生病，感冒，发烧，持续了两个月。

　　我告诉颜晓我丢了那两万块钱。我很平静地告诉他这件事情，颜晓看了我很久，确定我没有任何事情。然后他说，我出去找工作，我养你。我没有给他回答。我只是不停地在电脑上打字。除了我的小说，没有任何事情能干扰到我的思维，我很快乐。

　　颜晓赚回不少的钱。我不知道他有什么赚钱的本领。

　　我没有问，我们共同用这笔钱生活。如果生活可以这样过下去也很好，爱我的男人赚钱养我。我只要安心写字。

　　然而，命运总是在捉弄我。颜出去后一个星期没有回来，警察打电话来。我知道了，颜晓的钱是从何而来。

他一直是个没有生存能力的孩子。

他出去混黑社会，抢劫，绑架，他其实也是无辜的，因为他只是需要钱，而他被人利用，那些人在拿了钱之后轮奸了那个只有12岁的小女孩子。

这些是公安告诉我的。

我知道这都是因为我，颜晓三天后回来了，他说，湛蓝，也许我会远离。

我微笑，我没有告诉他，大家已经满世界地在找他，只是表面看起来风平浪静。

黄昏，我拨响110，那一夜，屋子外团团被公安包围，我和颜相拥而栖。

[0 / 7]

法院做最后判决那天我收拾行李离开，我去了深圳。在报纸上我看到颜晓的消息。数条重罪罗列。无期徒刑。

火车在急速中行驶。

我抓着那份报纸，直到它在我手中破烂。湛蓝这一生，似乎一直是在与人离别中度过。以至于，连离别的悲痛已不知道是什么滋味。以至于，连眼泪都那么吝啬。

CHAPTER

14
永不结束的结尾

你说，永不结束，不会结束。
不再和你争辩，
即使你会在愤怒时唾沫星溅满我的身上，
即使你贫穷到一无所有，连爱都没有。

....

我说，随了你吧。
老天爷开始哭泣，整整哀悼了一个季节。

我笑，就这样吧。
池塘的癞蛤蟆折腾了一个晚上，
据说是庆祝荆棘的重生。

[0 / 1]

我生病了，突然。

发烧，感冒，月经。我无法排斥。我能强颜欢笑，但我不知如何去抗争生理上的不合作。翻出旧日的厚棉袄，黑色布面，双排纽扣，是云姨生前买给我的。那时我与她一同去逛商场，我毫不犹豫选了这件黑色，她拿了同款的红色。

云姨笑着说，年轻人总是喜欢掩盖光芒的，不像我已经老了，需要艳色来暖着自己。

我不以为然。心里明白，云姨说的是真话。当湛蓝的容颜渐渐沧桑淡薄，无比怀念那艳丽和张扬的颜色。

我穿上那黑色的棉袄，戴帽子和围巾、手套。出去药店买一些药来。结果拿在手里的还是十片安定，当年安在的那种白色小药片，只不过心绪已不是当年的。

[0 / 2]

我走进麦当劳，要了一个甜筒、一杯可乐。摆在桌子上，神色萎靡，困顿。没有人坐在我旁边。他们都看出来我是个生病的女人，我是个病毒携带者。对于此我很开心，这样我可以一个人享有一份孤独。而不必对面坐着一个陌生人各自享有孤独。要知道，孤独是一种自私的东西，是欲望。

并且很难平息。

我用可乐吃了两片安定，再咬一口甜筒。冰凉甜腻。然后我离开了麦当劳。我应该把位置留给快乐的人，还有孩子，这里是他们的天堂。湛蓝，适合孤独城市的孤独座位，绝不是阳光洒落的地方。

我走回家，只出去了不到两个小时，屋子里有一种喷薄沁人的冰冷。

我打了个哆嗦。开空调，脱了棉衣，钻进被窝。气温骤降，零下17度，风呼啸凛冽，我决定去看望安和云姨，他们现在住在一个地方，荒凉之地相依为伴，从阳台看窗外，行人匆匆，面孔冷漠。

从被窝里出来，冰冷的手脚一夜都不曾暖和。恹恹地走到卫生间。刷牙，洗脸，涂抹保养品。化淡妆，像是去约会。仔细想想未尝不是。安和云姨，是我最重要的两个人。湛蓝的半生刻下他们的痕迹，而未知的后半生，带上关于他们的记忆，行走。

黑色长大衣，头发在脑后扎起。

我在镜中凝视自己，唯一色彩便是脸上那淡淡的妆。对着镜子里的自己微笑，原来湛蓝亦可以优雅清透，原来湛蓝是个自恋的百变女人。

手里拿着一本书，《暗夜蝴蝶》幽深的蓝色封面及书里的另类暧昧及欲望废墟。白衣长发的清瘦女子，飘忽，行走，欲望，隐忍的痛，张扬激烈的眼。这是我送给安和云姨的礼物。

[0 / 3]

前些天接到韩东的E-mail，他说，湛蓝，我现在在北京，摇滚终究不是我能归去的地方，我现在在努力地寻找着静璇，经过了这么多，终于明白，爱也就是爱身边的爱自己的人。

韩应该是经过一个晚上的思考，我看到未读邮件里整整躺了十封信，一一打开，全是他冷静又混乱的气息。

正如我从一开始就说过的，对肖说过的，韩会是一个好男人，那时，我很明确地感觉，他是个珍惜爱的男孩。知道他后来和别人组建乐队，很简单的名字，信念，那是当年在学校的时候，他告诉我的，他的信念平凡到只是为了爱情。

[0 / 4]

听说了他和肖的事情，是个悲剧还是以后会成为圆满，我也不知道。但是我们确实已经两年未见了。知道他们分手是因为我在一个聊天室见到了肖，很让人吃惊的聊天室，是女同的。

当时我正在给一家杂志写稿，点明了要一些隐私的女同，在给期刊写稿子的时候，我已是一个新生的湛蓝。

我的编辑告诉我，很多时候，我不要求你的文字如何华丽、如何精致，但是你的情节和你的情感必须是真实的。

于是我闯进聊天室，一直潜伏在房间的最角落，有人走过来，扯着我的衣角，你是PP还是TT。

茫然，我不语。

她似乎对我很感兴趣，你为什么叫玻璃玫瑰？

来到这里，当然是有一颗玻璃的心，你认为呢？我想我真的是很有演戏的天赋，我很快进入角色。

你是刚来的？

是的，我是一路寻来的，并非偶然闯进的。我的话很巧妙，只不过她听的也许和我想说的不是一样的，因为我很诚实，但是我又必须隐瞒真相，所以我只有如此。

开了间房子，我们相依偎，她说，你的味道好熟悉。

我看她的资料：凝视过湛蓝的心底，她没有察觉，也许我一如湛蓝的灿烂，用忧郁来点缀寒冷的冬（东）。

好熟悉的话语，好隐晦的字眼，我颤抖，我是湛蓝，你是谁？

她流泪，我知道是你，我感觉到是你，因为只有你，才会有那一秒钟的爱上，一辈子遗忘。

彼此半晌无言，在如此的场合，遇到，我们难道也能说一句，真好，你也在吗？

不能。

[0 / 5]

肖给我讲述那段故事，聪明如我，竟也被她骗过，当年，她早已敏锐地察觉我与韩的烟火。

我的上铺，肖静璇，凌晨两点的时候，她说，湛蓝，我多希望自己永远是你的上铺，我们是姐妹，我的痛只有你知道。

可是，当年天真的"蚂蚱"，被我在这样的时间遇到，我竟不知道该如何说话，我给她看我的文字，我给她唱我新作的曲子，我给她点三五香烟。可是我不能开口说话，我不敢问她脸上那道丑陋的刀疤，斜斜地从她的眼角划下，在左边脸上凝固着。

那也许，不，肯定是一个不堪的往事，我怎可，揭起。

疼的不会是疤，但痛的一定是疤揭起时里面泛起的粉红的肉，微微的血迹，我不忍，也恐惧。

肖是我的错误，是我的一个罪过。

我从来都是一个罪人，所以在后来的写字中，我重复地写着，我，是一个堕落到连堕落都厌倦的女子。

[0 / 6]

那天，阴郁的月色笼罩着我，肖蜷缩着，像从前我们在学校的时候那样，我们都抱紧身体像只受伤的刺猬蜷缩。

肖问过我，那件血红色睡衣是否被我遗忘。

遗忘，我扯了下嘴角，长期冷漠的脸变得僵硬，能遗忘就是一件幸事，怕的就是不能，偏又想着。

肖来的时候，带给我一瓶指甲油，很廉价的那种，小小的，两块钱一小瓶。

打开，刺鼻的清香，我只对这样的味道有亲切感，或许是骨子里的那种味道与此相似。肖的头发早已成波浪的卷，不再如从前那般青春，风情是有了，冷漠却也泛上了笑容间。

开始只是寒暄，谁也不提过去，谁也不谈未来。

只是淡淡地涂抹黑色，等到手脚全是黑色，晾在空中风干时，我们无法再保持沉默。该解开的心结始终是要解开的，嗫嚅了半天，才发现，彼此的嘴唇竟都是干裂，嗓子冒烟却无能为力。

你还是那个样子，湛蓝。肖的声音不似以前明朗，很多沧桑的因子在到处乱窜。

还记得以前我有个很好的朋友，幽宁吗？

我答非所言，她死了，自杀了，被冰冷的水把她的脸泡得浮肿，她说，淹死的人是干净的。

湛蓝。肖吃惊地看着我，我知道，我的声音是那么平静，表情是那么从容，仿佛只是在讲一个与自己无关的故事。

回头看她，居然亮出一个灿烂无比的笑容，静璇，爱一个人真的很难吗？

不等她回答，继续，也许我根本没想过她会回答，一个比我更迷茫的女子，我能企图从她那里得到什么答案。

[0 / 7]

干净与浑浊是什么？破碎又是什么，想起韩曾经在爱我的时候，说，即使我破碎，他仍是爱着。

静璇，你知道吗？安，那个让我 14 岁就爱上，便想嫁了的男子，他也死了。

当我看到水果刀从他的手腕划过，我能做的居然只是呆滞，我能够制止的，但是我没有，我爱他，但是我眼睁睁地看着他消失。

静璇，你知道吗？你曾夸过的那个干净男生，他吸毒，不停地吸。我笑，发出声来，回头，肖的脸上是一片惨白。

点燃一支三五，早已该抽这个牌子，520，那红色的小桃心，那句说不出的我爱你。太冷、太遥远的过去。烟袅袅地在屋子上空盘旋，我不再说话，我没有告诉肖，颜晓后来的一切，我说，他进了戒毒所。

肖似有所悟，那也好，他是那么好的男孩。

呵呵，他很快就出来了。我努力让自己微笑，但是眼泪还是流下，我怎么开口说出，颜是坐上囚车了，我该如何回忆，他永远不知什么时候出来的高墙。

颜终于出事，我终于知道他的钱从何而来，他真的是不愿意回家。他说，湛蓝，我可以选择忘记，但是我不能让自己忘记。

[0 / 8]

那一夜，我跪在公安的面前，我哭，我任血从自己的额头不停地流，我说，就一夜，我欠他的，让我还给他。我抱着颜啸林的腿，求他，求他动用一切关系让我和颜待最后一个晚上。

一夜之间，他苍老了许多，但是仍然挽不回，最后他说，他愿意用自己的一条老命换颜和我的一夜告别。

不到二十平方米的屋子，四周全是公安，屋子里的空气极其紧张，我故作笑容，颜晓似乎很轻松，他单薄的身体在床上摊开着，像一床薄薄的被子，只是可怜得遮不住那张床。

第1次，我没有任何杂念，第2次，第3次，不想任何人，第4次，眼里心里只有颜晓。

相拥，给彼此温暖，总是觉得深夜漫长，那一夜，何其短暂。

天亮，颜晓温顺地在我额头轻吻，不是没有醒来，而是不能醒来，这样的分别，脆弱如我，痛得不能去送。

趴在窗上，眼看着警车呼啸而去，我的泪渐渐干了，脸上紧绷绷的，就那样傻着，没有思绪。

[0 / 9]

静璇，从此我只是枯萎，你知道吗？

我在等，肖也在等，等那个敏感的话题，被对方问起。

静璇，你，我。尴尬，我不知道自己该如何说话，看过肖和一个女子的聊天记录，也偷着查看过她们的邮件往来，我不知道她会不会是我笔下最合适的人。

湛蓝，我知道你想说什么。

肖出奇地冷静，她注视着我手上那朵有人惊羡有人鄙视的花，那朵玫瑰，玫瑰虽然火红，始终不属于我，肖静璇，不再是"蚂蚱"肖静璇，只是一棵无人采摘的小草。

她叫冷雨，肖习惯叫她旦旦，她呼唤肖为乖乖。

[1 / 0]

彼时，肖一心一意地爱着韩东，等着他。

韩回首时，只有一句，肖静璇，我会好好地待你，但我不爱你。

好好地待，是怎样一个概念，韩会出去卖唱，为肖买高档化妆品，韩也会在肖哭泣时给她一个肩膀借用，韩更会时时弹起吉他给肖找乐子。

但是这些都不是肖想要的，她想要的是爱。

可是韩给不起，于是两个人同时苦闷，无爱的结合必将是痛苦的。韩说，静璇，给我时间，让我先做摇滚。

肖答应他，如果你心里爱的是摇滚，我愿意，输给你的理想不是我失败。

终于还是散了，雨夜，韩醉如瘫泥，无法言语，只是哭泣。夜半，他疯狂呼喊，湛蓝，等我，求求你，别离开我。

清晨，怀中人离开，一张纸片落地，不是湛蓝，是肖静璇绝笔，红尘已破，追不回又戒不掉，不如就此了了。

遇到冷雨的时候，肖已是万念俱灰，以为会终此孤独，却想不到因此落入女子贪恋之中，从此萦萦绕绕。

关于冷雨，肖并没有多说，她只是说，她待她很好，她说她们是在网上爱上的。我没有吭声，我是个喜欢刺激的女人，可是我从来不在网上寻找刺激。网络，对我而言只是单纯的聊天、游戏，我连现实的感情都不会认真，更何况是网上的缥缈。

肖却不，当她的感情受到致命的打击，她选择了逃避，只是她逃避的方式很苍白，她拒绝男人，她走进 les 网站，在那里她遇到了冷雨，也就是旦旦，旦旦是个天生的拉拉。她长得很帅，我不知道该用怎样的话去评价她，漂亮是不准确的，还是用帅吧，因为她长得很像男人，但是她确实又长得很好看。当然这一切都是肖给我的照片上所看到的。

肖是个一旦投入便会陷进去的女人，这是我们的不同。旦旦很会体贴人，那种挑逗式的体贴，她甚至比男人更会懂得利用女人的弱点，她会吃醋吃得让肖感动而不是生气。肖开始每天抱着电话与旦旦长达几个小时的温柔。

　　突然怀念 520 的味道，点燃白色的 520，看它细长的身躯在火中挣扎，肖一袭白色，轻飘飘地靠在窗棂上。我猛然回头，看见她凄美的笑容。

　　湛蓝，她看着窗外，没有理会身后的我一脸的惊讶和魅静的烟雾。我想冷雨会带给我快乐，我渴望的爱情她会给我，你明白吗？

　　我不明白，她给你的只是寄托，只是让你去暂时忘记韩东带给你的伤害。

　　我看见白色的衣裙随风晃动，肖激动地嘶哑着。不是，我早已经忘记那个男人，我所想的爱情是旦旦才会给我。

　　够了，肖，我一直在听，从头到尾地在听，你没有爱情，你是个傻瓜。两个女人之间有什么爱情。我不知道哪里来的愤怒，也许是长期压抑的结果，安的、幽宁的、颜晓的，都让我无从发泄。我对着肖大喊。

　　我看着肖在我的话里疯狂，然后歇斯底里地冲着我狂吼，然后我死在肖的目光里。我知道，她根本不知道自己说了些什么。可是我知道，我清晰地记得她的疯狂。

　　你才是个傻瓜，你连怎么爱都不知道，你谈什么爱情，你只会不停地换着身边的男人，让那些肮脏的因子在身体里游动，你是个没有感情的女人。你不知道什么叫爱情。

肖走了，带着她的爱情宣言走了。

我软软地卧在地板上，我知道我的灵魂早已经死了，我想起吴说过，我是个残酷的女人。

生活一直以单调而绝望的姿态流浪着，我像蜕壳多次的动物，身体变得麻木和透明。肖不知道我的爱情曾经也如她一样执着，甚至比她更激烈。只是当流星过后，我才发现我的愿望只是一粒黑色的玻璃球，根本不堪一击。

[1 / 3]

时不时会收到韩的来信，他还在寻找，直至半年后再也无法听到消息，我想也许他和肖会隐居。

颜晓表现良好，减刑到 20 年，他说，湛蓝，我还是爱你。

他变得消瘦很多，知道他已戒毒，看守所的人送我出来的时候，说，这个男孩子看起来不是很坏的那种，于是我冲他微笑。

可是，终究他没有逃脱自己内心的自责，在狱中抑郁成疾，自杀而亡。

我还是一个人写字，小说早已经写完，却不想交给任何一个人出版，或许对我来说，那只是一种记忆和轮回。厚厚的书稿就被我和着那些旧日的黑色指甲油一起装进角落的大箱子，不再理会。

我疯狂地给杂志写稿子，然后周末去养老院探望颜晓的母亲，她疯了，颜和他父亲的一连串变故使得这个一直雍容华贵的妇人崩溃。她最后一句话是，湛蓝，你是个狐狸精，你害了我们全家。

我的脸上有一道长长的指甲痕，一直就有，留着，只是为了想起。童年时我喜欢自己是狐狸精，终于做到，却不再惊喜。

唯有失陷，在西安的老城墙下我背着厚厚的书稿，任长发飞舞，看纸片碎在空中，满天都是。

无意抓住一张，赫然醒目的是：湛蓝十年。

远处有人喊着，破坏卫生环境，站住。回头，一个戴着红袖章的中年妇女匆匆赶来，哑然失笑，一切都回到了现实中来。

跑了不远，听见她又在喊，闺女，写得真不错，你叫湛蓝吗？

我是湛蓝，十几年前我是。

[后 / 记]

　　湛蓝，这个名字是我的最爱，正如我不止一次地说，这一切都是深如幻的海底世界，而我是如此固守着自己童话里的城堡，一夜间，我似乎苍老了很多。

　　这是一种真实的表情，也是一个想象的世界，我幻想着自己就是童话城堡里那个女子，然后我一直期待着有个人带我去意大利，我一直想要看佛罗伦萨的落日，那是我的梦想。这种执着，延续到小说里，便是湛蓝对安的那种信誓旦旦，就算是倒塌，也是自己的城堡，文章里我没有提到这句话，因为，我错了。

　　终于是在多年以后才明白，对于湛蓝而言，安也许是轰轰烈烈求不得的爱情，但颜晓才是生生世世烟火缠绵的爱人。

　　每次停留在电梯里的时候，我总是在想，26 楼的高度是否能让一个人穿梭前世今生，每次穿梭而过的气息都不是玫瑰的芳香，而是咸涩的因子。

　　写字的那些天晚上，回得很晚，那时的楼道里静悄悄的，屏住呼吸，我感觉到玫瑰的气息在拐角的地方暗涌，翻江倒海地在楼道里折腾，却是瑟瑟的孤独。我不能走过去，因为电梯很快到了 26 楼，我即将走进，然后降落。

写小说的时候，我就是湛蓝，然后很经典地说了一句，安，我以为那只是一朵淡白的蔷薇，摘下时却扎伤了我的手，玫瑰也从此凋零，年轮就这样一圈一圈融进我的水晶手镯里。

有一段时间，经常通宵，却写不出一个字，眼睛困得要死，我就不停地喝咖啡，其实我是喜欢在咖啡馆喝的女子。记得一个法国人为咖啡写出这样的诗句"天使般的纯洁，爱神般的可爱"，却又有着"恶魔般的浓黑，地狱般的炙热"。这就是咖啡的魅力所在。也因此，我和所有喜欢故事的人一样喜欢咖啡。

我总是让自己很容易就沉迷到一种状态里，在疯狂写字期间，我总是分不清楚，湛蓝和我到底哪一个才是真实的，安的身影更多地出现在我的生活里，上下班的时候，我甚至在马路上会四处张望，寻找着，这种迷茫延续到小说写完，我就对着电脑发呆，失神，然后大声地哭。

很多时候泪水是能够让长期压抑的情绪松弛的，我努力地告诫自己，提醒着，我在网上对一个陌生人说，我想，我是得了严重的抑郁症。然后我惶恐，却又微笑地说话，走路，写字。和正常人一样思维，甚至超越正常人的思维。

一个朋友说，你最喜欢你的小说里的什么，连想也没想，我脱口而出，名字。

是的，名字只是一个代号，甚至来说，小说里的人物名字一般更是再随意不过的。也是我太过追求一种形式，但是事实上文章里的人物名字都是我思考了很长时间的。

湛蓝，我，一个亦真亦幻的女子，深邃，抑郁，又另类得让人发指。当时塑造这个人物的时候，我也不知道想表达什么，她是个相信爱情的女子，她也是在背叛爱情的女子，然后，爱情对于她来说，是可放而不可收的信念。她是暗藏在海底的女子，像美人鱼自由，渴望着爱情，却恐惧着浮出水面时会遇到撒网的渔人。她深信着爱情本身，但始终抓不住爱驶过的车轮，即便如此，她仍安静地守候，一如湛蓝的海，静无波，亦是恋着的。

安，很多人会说，让他们想起安妮宝贝笔下的男子，事实上此安非彼安。因为他一直是湛蓝心底最深的那个，而他也是小说里最重要的一个，但是他的出现却总是悄无声息的，甚至我几乎很少花笔墨去描述他，只是在湛蓝的不停思念和迷乱中，突出着他。安这个名字像极他的性格，也恰指出他的结局，他一直在为了所爱的女人付出，等到心愿既了，便随她而去。安便是如此一个敦厚又决绝之男子，既然无法面对，就选择最初，心事早已明了，不说出不是不想，而是不能，说出时便是让你恨也不能之日。

颜晓，阳光一样干净的男孩子，爱也是拂晓前的那一抹，只是，介于黑与白之间的，那一个不适宜的时段，他无从选择。摇欲坠，他流浪，甚至想抛弃，最终在误入黑暗懵懂的时候，他再次回首，不悔只是坚决，爱总会在黎明时分出现。

幽宁，自是有一股幽怨在其中的味道，一生坎坷，身体上的、物质上的这些并不足以让一个人毁灭。她自卑又热情，于是付出着，于是毫无意义地奔流着。然而，她在最后离去却是微笑的，那干净的微笑，也许她看到的是新生，只愿来生记得今世的幽，仍然坚持内心的宁，平淡总是最好的爱过。

韩东、肖静璇，两个人似乎像晴日打着遮阳伞的匆匆过客，偶尔留影，也是平淡，小说最后我始终没有讲清楚，他们的行踪，实际上这也许也是我自己的疑惑，或是各自继续原来的方向，好像不是我所想表达的。也许韩会重新来爱过，将肖对男人的恨改变，两个人一起远走他乡，也许肖更习惯了女人与女人之间的相互慰藉，而爱过就成了心底最深处的漩涡，任你静心来过。

在若有若无的讲述中，我也曾将颜啸林这个人单独提出来过，实际上他并不单纯是某一个人，也许是一个群体，也许是一个影像。这个人没有本质上的错误，人自私是有原因的，他是一个权威过的标志，他也是深深地恋着，只是地位与习惯使得他放弃心里的想法，只是敷衍着生存。

还有一些路过的，如丁南、吴等等，都是一群陌生的路人，却也都是一群为爱痴迷的人。

应该说对我而言，成长与爱是同步进行的，你可以将它理解成一个成长蜕变的过程，也可以将它理解成一个为爱立碑的故事，或者你说它是一个行走人群感情的缩影。这些都不是重要的，当我在键盘上敲出《湛蓝》的时候，我先是一个字也打不出来，然后沉默地跑出房间，我想安静地思索，思索往事，思索一路走来我所能想到的以及能想起来的。然后我发疯样地写字，心情也好，故事也好，就是企图用那些华丽的辞藻来湮灭自己，爱情也好，亲情也好，友情也好，我都一点一点地沉淀着，看沉淀过后我的心绪。

小说是非曲直由人评说，但是写字的时候那种倾注的感情却因自己而生，我是个感性的女子，正如湛蓝。曾经有人问我，为什么独独喜欢湛蓝，为什么独独沉溺太阴郁的文字。没有原因，如同我曾经的网名血玫瑰，如果你想听一个很美丽的故事，那么我可以给你很多个版本，任你挑选。其实很多时候，都是一个偶然，只是一个一闪而过的念头，在我的右手上，有一朵彩绘的玫瑰，的确，是一个爱情的回忆，但我更喜欢把它当成是对过去的就此打住，看成是一种叛逆过的成长。玫瑰是我以前最不喜欢的花，因为它太俗，可是它也是我最渴望的花，因为它代表爱情，这是众所周知的。某一天，当我无意注视手上那朵狰狞的彩绘时，突然感到眩晕，那红色，分明是我的血，欲滴的鲜血染红的。从此血玫瑰诞生，其实它简单到连一个想法都没有，至于后来解释的 N 多版本，正如有人说，有一百个人看《红楼梦》，就有一百个贾宝玉。借用这句哲理的话来诠释我这个浅薄的名字，有多少个人认识血玫瑰，就有多少个版本在跳跃。人的思维是不受限制的，我没有权利，也没有理由去要求别人不去想，想总归是件好事，说明他注意，一旦连想都没有了，恐怕我要伤心，原来这朵花开得那么破败，路人甚至看不到它。

　　终于写完，这期间的艰辛只有我自己知道，不是物质上的纯粹，而是精神上，一度我陷入狂乱的混沌状态。有无数念头涌了出来，不是灵感，单纯的就是一种思维，但是我的手指却似乎麻木，在键盘上敲了很久，清醒过来后，我发现液晶的显示屏上只有一句话，湛蓝爱安，十年。这句话被我居然重复了上百遍，我在电话里对一个朋友说，我想真的是有了严重的精神分裂，要不就是抑郁症。经常我会对着电脑发呆，然后无助地痛哭，我根本分不清楚谁是湛蓝，谁是玫瑰，或者，从一开始，湛蓝就是玫瑰，而玫瑰却无论如何不能变成湛蓝，这种不平衡的等值，让我产生幻觉，绝望，濒临崩溃。

　　习惯上仍然是那样，在一个人的夜里，我安静地对着空气说话，在小说里湛蓝曾经很迷茫地愤怒着：你听过蝴蝶飞过时翅膀与空气摩擦的声音吗？你知道玻璃与心同时掉在地上的粉碎吗？我是湛蓝，你是谁？事实上那是我，那段日子我不停地在 QQ 上对着陌生的熟悉的人发问，我是湛蓝，你是谁？

　　在此期间，表面上我还在勤奋地工作着，甚至照样抽空给期刊写点稿子挣些稿费，而湛蓝也已潜伏在我心底，故事还是那样不紧不慢地讲述着，方式还是不停地用画面的转换来衔接着，只是那份揪心的情感却总是让我时刻会窒息。

　　我不知道写完这些字对于别人是什么，看完这个故事对于别人是什么，我只是想安静地陈述，冷静地分析，平静地观看。

关于湛蓝，没有太多的在继续，时针是不停地在运转着的，那么人的内心也是必将慢慢沉寂下来的。我是祝福，爱过的，爱着的，想爱的人们，爱始终是一个美好的事物，无论你做错过，还是想错过，都是往事。相信爱情，相信你心里那最深的感动，爱了，就是爱了。

关于生活，关于以后，我知道，一段阴霾的成长已经结束，无论它曾是如何的孤寂，如何的痛，也只能在成长的毕业证上盖个章，不要因此影响到我们的身边，以后。

我要感谢，感谢那些伤害过我的、爱护过我的、打击过我的、鼓励过我的，所有的，熟悉的、陌生的。

尤其感谢白澍的出现，让我有勇气重看这个故事，并因此决定了故事的调性，尽管小说写得七零八落，可是内心戏和人物关系已然如此之足，还怕影视版的情节会没有吗？

这些文字带给每个人的感觉都不是一样的，可是我是深深地爱过了，在那迷茫的十年里，湛蓝如我，我似湛蓝。

图书在版编目（CIP）数据

湛蓝 / 夏果果著 . — 北京：作家出版社，2016.3

ISBN 978-7-5063-8838-2

Ⅰ.①湛… Ⅱ.①夏… Ⅲ.①长篇小说—中国—当代
Ⅳ.①1247.5

中国版本图书馆 CIP 数据核字（2016）第 063497 号

湛蓝

作　　者：夏果果
出 品 人：高　路
责任编辑：丁文梅
监　　制：何　雯
特约策划：何菠萝
装帧设计：@_叁囍
封面摄影：桃子
出 品 方：北京中作华文数字传媒股份有限公司
出版发行：作家出版社
社　　址：北京农展馆南里 10 号　　　邮　　编：100125
电话传真：86-10-65930756（出版发行部）
　　　　　86-10-65004079（总编室）
　　　　　86-10-65015116（邮购部）
E-mail:zuojia@zuojia.net.cn
http://www.haozuojia.com（作家在线）
印　　刷：北京明月印务有限责任公司
成品尺寸：142×210
字　　数：135 千
印　　张：8.5
版　　次：2016 年 5 月第 1 版
印　　次：2016 年 5 月第 1 次印刷
ISBN　978-7-5063-8838-2
定　　价：32.00 元